KB193550

도서출판 득수 희곡집

ピクニック 피크닉

1판 1쇄 2025년 3월 15일

지은이   **하서찬**
펴낸이   **김 강**
편집   **김다현**
디자인   **토탈인쇄** 054.246.3056
인쇄·제책   **아이앤피**
펴낸 곳   **도서출판 득수**
출판등록   2022년 4월 8일 제2022-000005호
주소   경북 포항시 북구 장량로 174번길 6-15 1층
전자우편   2022dsbook@naver.com
ISBN   979-11-990236-7-3

값 17,000원

ピクニック

피크닉

작가의 말

도쿄에서 공연하던 시절, 관객과의 대화가 끝나면 극장 뒤 어두운 화장실에 가서 울곤 했다.
다다미방은 술에 취해도 늘 추웠다.

극단 대표인 니시무라 히로코 교수는 굽은 허리로 극장 계단을 쓸고 계셨다.
선생은 일본의 만행에 대해 자주 사죄를 했다. 그녀는 한국에 올 때마다 병아리빵을 사들고 왔다. 나의 희곡을 과분하게 평가하시던 분.
그녀의 명복을 빈다.

나는 여러 개의 이름으로 활동했기에 존재하나 존재하지 않는 작가였다.
마지막 이름인 하서찬으로 흩어졌던 희곡 3개를 묶는다.

2025. 2.

하서찬

목　　차

부록 |

ピクニック 피크닉 – 일본어 번역판

소 풍

등장인물

60대 노파
30대 후반의 여자
5살 여자아이
– 아이는 목소리만 등장하고 핀 조명으로 대체해도
무관하다.

무대

낡은 철제 침대에 노파가 기대어 끊임없이 뜨개질을
하고 있다.
바깥은 먹구름과 천둥소리로 음산하다.
여자, 머리를 감싸 쥐고 있다.
노파, 지치지도 않는지 연신 뜨개질을 해댄다.
여러 겹 겹쳐 입은 노파의 옷들은 때에 절어 있다.

여자	(차분한 목소리) 그만 좀 하세요. 머리가 아파요.
노파	무얼 말이냐.
여자	뜨개질이요.
노파	(심술궂은 아이의 말투로) 싫은데.
여자	저번처럼 코바늘에 다치고 싶으세요?
노파	이게 바늘이냐. 봐라.
	(손가락을 여자의 코앞에 들이댄다.) 멀쩡해.

노파, 피아노를 치듯 허공에서 손가락을 움직인다.

여자	(짜증 섞인 목소리)
	한동안 욱신거린다고 하셨잖아요.
노파	그래도 이건 마저 떠야 한다.
여자	……
노파	보면 모르냐.
여자	아무 말도 안 했어요. (깊고 절망적인 한숨)
노파	(눈치 살피며 히죽 웃는다.) 배냇저고리다.
여자	……
노파	누구 거겠냐.
여자	(더욱 깊은 한숨)
노파	혜원이 거지. 누구 거겠냐.
여자	……혜원이요?

노파   (여자의 배를 코바늘로 쿡 찌른다.) 여기 있잖냐.

거기서 톡 튀어나오면 요 새하얀 저고리를 입힐 테
다. 설탕같이 하얗겠지.

곧 네 배 안으로 들어올 거다. 기다려 보자.

여자   (담담하게) 그 옷, 얼마나 따가운지 알아요? 그걸 입
고 학교에 가며 늘 긁어댔어요. 가렵고 또 가려웠어
요. 안에 받쳐 입을 옷이라도 하나 주지 그랬어요.
그 어린 게 종일 의자에 앉아 이리 긁고 저리 긁고…
… (고개를 저으며 한숨) 지금도 가려운 거 같아요. 그
옷을 또 혜원이한테 줘요?

노파, 뜨개질 거리를 신경질적으로 내려놓는다.

노파   한숨 소리 좀 그만 내라. 지긋지긋하다. 아주 재수
옴 붙는 소리.

여자, 들으라는 듯 더욱 깊고 절망적인 한숨 소리.
다시 뜨개질 거리를 잡는 노파.
차분히 한 코 한 코 떠 나간다.

노파   꿈에 나왔다.
조막만한 발로 걸어 다니며 울더라.
(아기 같은 목소리로) 무서워. 여기가 더 무서워.

죽으면 다 끝인 줄 알았는데. 여기가 더 추워. 배가
고파.
(무덤덤하게) 손톱에 흙이 끼었는지 아주 까맣더라.
그 손톱으로 눈 밑도 긁고, 머리도 긁고, 다리도 긁
고, 원. 가려운 곳이 한두 군데가 아닌가 보더라.
젖 독이 올랐는지 얼굴이 울퉁불퉁 시뻘겋더구나.

여자　　그만하세요.

노파　　스스로 목숨을 끊고도. 쫏.

여자　　괜한 얘기예요.

노파　　넌 어릴 때부터 아주 말썽쟁이였다. 가만히 날 내버
려두질 않았지. 널 낳고는 되는 일이 없었다. 그때
점쟁이 말을 듣고 널 내다 버렸어야 했어. 그럼 네
아버지도 곧 돌아왔을 게다. 너 같은 자식은 낳는
게 아닌데. 끔찍하다. 내 팔자. 넌 어릴 때부터 아
주 시건방졌어. 사사건건, 때곡때곡 말대답이었지.

여자　　또 착각하시네요. 전 한 번도 엄마에게 말대답한 적
없어요. 항상 복종했죠. 엄마가 네 발로 기라고 했
어도 기었을 거예요.

노파　　넌 오래도록 네 발로 기어다녔다. 도통 걸을 줄 몰
랐지. 원, 뭐가 그리 느린지. 창피해서 데리고 나갈
수가 없었다.

여자, 무슨 말을 하려다 입을 다문다.
여자는 분노를 감추고 무표정의 가면을 쓴다.

노파   ……지금이 몇 시냐.

(불현듯 시계를 쳐다보며 배를 문지른다.)

허기가 오는구나. 밥 좀 다오.

여자   **기다리세요.**

노파, 여자가 밥상을 차리는 동안 배를 움켜쥐고 눈을 희번 덕거리며 주위를 살펴본다. 여자가 떠 놓은 물이 수상쩍은 듯 냄새를 맡고 이곳저곳을 두드린다. 의심이 가득 찬 눈빛과 행동들. 여자가 밥상을 들고 들어오자 짐짓 태연한 척. 상 위에는 반찬 두서너 가지가 놓여 있다.

노파   **뭐냐. 이게. 어디 손댈 곳이 없구나.**

(나물을 한 젓가락 든다.) **아주 풀밭에 뱀이 기어다닌 다. 남의 살 한 조각 없이. 이게 무슨 밥상이냐. 미 련퉁이 같으니. 음식 솜씨가 아주 개 발바닥 같구 나. 짜고 시고 맵고** (머리카락을 하나 집어 들며) **이건 뭐냐. 네 털이냐.**

여자   (노파의 손에 들린 털을 낚아채며) **빠질 털도 없어요. 밥 이나 드세요.**

노파   **더러운 년, 음탕한 년, 음식도 못하는 년. 그러니 서방이 도망갔지.**

여자   (조그만 목소리) **어머니 팔자나 제 팔자나요.**

노파   **뭐라고?**

여자	아니에요.
노파	내 귀가 안 들린다고 마구 아가리를 쳐들고 지껄여 대는구나. 곧 세기보청기가 온다. 보청기계의 왕이지. 세기보청기. 오면 네년의 그 중얼거리는 소릴 한마디도 놓치지 않고 족칠 테야.
여자	자꾸 이러면 밥상 치웁니다.
노파	(움찔하며) 그건 반칙이다.

노파, 허겁지겁 밥을 퍼넣다 갑자기 컥컥거린다.
바닥에 나뒹구는 노파.
여자, 죽기라도 바라는 듯 말없이 노파를 내려다본다.
노파, 자신의 목을 졸라가며 엄살을 떤다.
노파, 갑자기 벌떡 일어서서 화를 낸다.

노파	눈 하나 깜짝 안 하는구나. 모진 년.
여자	동치미 국물이나 드세요.

노파, 벌컥거리며 들이켠다.

| 노파 | 말이 나왔으니 말이다. 넌 어미가 죽어도 상관없냐. 저번에 인간극장인가 뭐시긴가에는 이십 년째 제 어미 똥오줌 닦아주면서도 연신 행복해하던 자식이 나왔다. 엄마는 야채인간, 아니지, 식물인간이지. (본인의 개그가 우스운 듯 낄낄 웃는다. 여자의 얼굴은 싸늘 |

하다.) 흠. 흠.

밑을 닦아주면서도 인상 한 번 찌푸리는 법이 없더라. 어쩌면 그런 효녀를 낳았을꼬.

여자   적당히 드세요. 저번처럼 아무 데서나 대변 보시면 곤란해요.

노파   (노려보며) 그래서 이쪽저쪽 차가운 비닐을 깔아놓은 거냐. 쓱쓱 닦으면 될 것을. 게으른 년. 비닐이 차다고 몇 번을 말했냐, 아주 시체가 된 기분이다.

노파   냄새는요? 냄새가 안 빠져 곤욕이에요.

노파   네 똥 기저귀도 그랬다. 올챙이 적 모르는 개구리 같은 년.

여자   ……

노파   왜 창피하냐?

여자   아뇨. 비닐 얼룩을 어떻게 제거해야 하나 생각했어요.

노파   티브이도 안 보냐. 소다로 닦아. 친환경 세제란다.

여자   어디서 그러던가요.

노파   스펀지? 뭐 잡다한 질문에 답해주는 그런 프로?

여자   티브이 좀 그만 보세요.

노파   왜? 눈깔도 맛갈까 봐?

여자   ……

노파   (탐정처럼 여자의 주위를 맴돌며)

난 알지. 암, 난 알고 있지.

여자   ……뭘요.

노파   네년이 티브이를 안 보는 이유!

얼마 전에도 너랑 비슷한 년이 잡혀갔어. 뉴스에서
봤지. 너는 다행인 줄 알아. 너도 그랬잖냐. 혜원이
입에 돌돌 만 휴지를 처넣어. 고 조그만 입에 휴지랑
신문지 뭉탱이를 쑤셔 넣었지. 난 봤어. 암, 난 봤
지. 잡혀간 그년은 공장에서 그랬다는구나. 공장 화
장실에 내던졌는데 시시티브이에 다 찍혔다는구나.
넌 사방이 막혔다고 생각했겠지. 내 눈이 시시티비
다. 이년아. 난 다 봤다. 화장실 문틈으로 다 지켜
봤지. 그 조그만 얼굴이 붉게 일그러지면서 숨도 못
쉬고 죽어가던 모습을 말이다.

나무문은 늘 부실해. 틈이 있어. 틈이. 나는 그 사
이로 다 지켜봤다. 네년의 검고 깊은 가랑이 사이까
지도 손바닥 훤히.

네년이 혜원이를 죽이고 뻔뻔하게 걸어 나오는 모
습을 하나도 놓치지 않았다.

네년이 무서워 미역국을 끓였지.

젖가슴에서 하얀 피를 흘리며 잘도 처먹더구나.

나는 밤마다 본다. 핏발 선 혜원이 얼굴을.

(노파, 아이 목소리를 낸다.)

"날 버리지 말아요. 엄마 엄마."

여자. 심드렁하게 상을 치운다.
노파, 과장된 몸짓으로 여자의 주위를 맴돈다.
흡사 형사처럼. 여자의 몸 이곳저곳 냄새를 맡는다.

여자   뜨개질이나 하세요.

노파   무서운 년.

여자   실 더 사다 드려요?

노파   독한 년.

여자   곧 보청기가 올 거예요.

노파   오살 맞을 년.

여자   귀가 잘 들리면 모든 게 좋아질 거예요.

노파   지 창자로 줄넘기나 뛸 년.

노파, 계속 욕지거리를 한다.
여자, 상을 들고 퇴장한다.
노파, 혼자 중얼거리며 이쪽저쪽을 걷는다.
천둥소리 한층 거세진다.
노파, 밖을 내다본다. 물론 아무도 없다. 깜깜한 밤일 뿐.
노파, 지껄인다.

노파   많다. 참 많아. 뭔 놈의 사람이 저리도 많아. 살 냄
새에 질식하겠다. 구역질 나는 냄새야.

노파, 쓰러지듯 침대에 눕는다. 코를 골며 달게 잔다. 암전.

무대 켜지면 이전의 분위기와는 사뭇 다르다.

밝고 따스하다. 해변 모래사장에 서 있는 노파와 여자.

노파의 옷차림은 산뜻하고 우아하다.

노파의 머리칼에 부드러운 컬이 들어가 있다.

전반적으로 노파의 모습은 세련되고 지적이다.

하지만 어딘지 모르게 어색하고 불편한 느낌.

그리고 다섯 살쯤 되어 보이는 여자아이.

노파, 인자한 손짓으로 여자아이의 머리를 쓰다듬는다.

부드러운 미소. 잔잔한 파도 소리.

눈부신 과거 속에 여자와 노파, 그리고 아이가 서 있다.

여자와 노파의 옷차림은 똑같다. 기묘한.

아이   할머니, 엄마는 어릴 때 어땠어?

노파   네 엄마? (사랑스러운 눈길로 여자를 본다)

       동화 같았지. 아주 예쁜 동화. 걸어 다니는 보석 같

       았다.

아이   (조약돌을 주워 들며) 이렇게 반짝였어?

노파   그것보다 백배는 더 반짝였다.

       여자, 흐뭇하게 웃으며 꼬마의 머리를 쓰다듬는다.

노파   오뚝한 코, 둥근 눈, 붉은 입술. 유모차에 하얀 모

       자를 씌워서 데리고 나가면 모두 구경했지. 나는 그

렇게 예쁜 아이를 본 적이 없었다. 내 새끼지만 너무 흐뭇했지.

아이, 못 알아듣는 소리가 많은 듯 조약돌을 줄 세우며 혼자 놀고 있다.

여자	참 빠르죠.
노파	너와 혜원이. 닮았다. 예뻐.
여자	오래 사세요.
노파	그래. 셋이서 오래도록

여자, 노파의 손을 꼭 잡는다.
노파, 여자의 머리를 쓰다듬는다.

여자	이제 그만 들어가요. 혜원아. 들어가자.
아이	벌써?
여자	그래. 춥잖아.
아이	바다에도 안 들어가고?
여자	이렇게 추운 날?
아이	바다가 좋아. 가까이서 보고 싶어.
여자	위험해서 안 돼.
아이	맨날 안 된대.
여자	다음에. 다음에 들어가자.

노파   **곧 기다려라. 할미가 데려가 주마.** (빙긋 웃는다)

노파, 아이의 손을 잡는다.
아이, 노파의 손을 뿌리치고 여자의 치맛자락을 잡는다.
노파, 기분이 상한 듯.

노파   **쯧. 요 녀석은 손만 잡으면 이런다. 사람들 보기 창피해서, 원.**

여자, 언짢은 표정으로 아이를 안아 올린다.

노파   **점심은 뭘 먹을까.**
여자   (서먹한 목소리로) **글쎄요, 칼국수 어때요. 마당에서 딴 애호박 하나 있잖아요. 참 실하던데.**
노파   **그래. 쫑쫑 썰어, 황태 머리로 육수 내서 시원하게 끓여 먹자.**

여자, 보채는 아이를 품에 꼭 안는다.
아이를 안은 여자, 노파와 함께 퇴장한다. 암전.
무대 켜지면 앞의 분위기와는 사뭇 다른 처음의 무대다.
음침하고 어두컴컴하다.
다족류 벌레가 스멀거리며 천장을 기어가고 있다. 습하다.
노파의 옷차림은 다시 누더기.
흔들의자에 앉아 있는 노파. 앞뒤로 빠르게 움직인다.

기괴할 정도다. 흔들의자라고 하기 어려울 만큼 빠른 속도
다. 보고 있으면 머리가 어지러울 정도.

노파   **왜 이렇게 느린 거야. 왜 이렇게 느리냐고. 젠장
할, 염병할. 뻑큐다. 니미. 좀 빠른 (헉헉) 의자는
(헉헉) 없는 거야.**

여자, 등장해서 노파의 의자를 잡는다.
흔들리는 노파와 멈추려는 여자의 힘겨루기.
겨우 멈춰지는 흔들의자.

여자   **보청기가 왔어요.**
노파   **이리 다오.**

여자, 보청기를 내밀고 노파는 귀에 끼운 뒤 문에 달려가 귀
를 대보고 여자의 배에도 귀를 대본다.

노파   **들린다.**
여자   **뭐가요.**
노파   **불행이 꿈틀거리는 소리.**

여자, 불쾌한 표정.
거칠게 노파를 밀어낸다.

여자   잘 들리나요?

노파   잘 들린다. 잘 들려. 아주 바닥에 머리칼 떨어지는
          소리까지 들린다.

여자   다행이네요.

노파, 허공을 이리저리 산만하게 둘러본다.

노파   가만있어 봐라. (쉿 하는 몸짓) 벌레 소리냐. 잉잉거
          린다. 천장에 붙어 있는 저 다리 많은 벌레 소리냐.
          뭔가가 쉭쉭 하며 지나간다. 아니다. 아냐. 이건 아
          기 목소리다. 아기 목소리. 아, 들린다. 들려. 어디
          서 헐벗은 아기 목소리가 들려.
          춥다, 추워. 여기가 어디야. 얼굴이 시퍼렇다. 시퍼
          레. 바다처럼. 깊이를 모르겠어. 그 조그만 얼굴이
          천 년은 산 듯. 늙었다. 늙었어.

노파, 이리저리 돌아다니며 보청기를 끼었다 뺐다 반복한다.
화장대에 앉아 립스틱을 바른다. 화장이 점점 진해진다.

노파   한동안 화장을 못 했다. 입술 선이 보여야 립스틱을
          바르지.

여자   그건 보청기예요.

노파   이제 또렷이 보인다. 이제 좀 예쁘게 다녀야겠다.

주름살이 이게 뭐냐.

한때는 나도 참 예뻤지.

(갑자기 노파의 어조가 아주 또렷하고 정상적이다.)

너도 참 예뻤지.

(거울을 통해 여자를 보며, 잠시 멈칫한다. 정신이 돌아오는 듯)

지금은 왜 그 모양이냐.

입술 색이 없구나. 시체같이. 쯧. 눈은 움푹 꺼지고. 머리칼은 윤기가 하나도 없구나. 계집은 좀 꾸밀 줄도 알아야지. 결혼했다고 푹 퍼져서는.

이 서방은 어디 갔냐.

(또다시 멈칫) 아, 미안하구나. 이 서방은 죽었지. 내 정신 좀 봐라.

노파, 어이없는 듯 고개를 흔든다.

여자, 노파를 유심히 본다.

여자   이 서방……기 …억 나세요?

노파   내가 노망이 걸렸냐. 이 서방을 왜 기억 못 해. 갑자기 쓰러졌지. 그 착한 사람. 감기 한 번 안 걸리던 사람이. 쯧. 사람 목숨이 이리도 부질없다. 허망하다. 허망해.

여자, 노파를 자신 쪽으로 돌려세운다.

거울에서 마주하고 있던 둘의 얼굴이 이제는 현실에서 서로
를 마주한다. 어색한 듯 노파는 여자의 눈을 자꾸 피한다.

여자   또, 또 기억나는 거 없으세요? 또 말이에요.

여자, 다급하다.
실 한 올이라도 움켜쥐고 싶은 듯 격앙된 목소리다.

노파   (또렷한 목소리) 이 서방 말이냐. 그 슬픈 일을 다시
내 입으로 말해야 되냐. 그 살풍경을 말이다. 나는
가끔 말이다. 우리 옆에 있던 그 여자 말이야. 그 여
자 외아들이 생각난다. 축구 선수가 꿈이었다고. 왜
있잖아. 열일곱 살짜리.
십자인대 수술하다가 병원 실수로 식물인간이 된
그 외아들 말이야.
그게 원. 무슨 날벼락이냐. 쯧.
병원은 믿을 게 못 돼.
그 간단한 수술을 하다가 식물인간이 될 줄 누가 알
았겠냐. 이 서방 죽고 나오면서 그 여자가 했던 말
이 기억난다.
그래도 부럽소. 딸도 살아 있고 손주까지 있으니 말
이요. 우리는 저 애 하나예요. 손주라도 하나 있으
면 그거 보고라도 살 텐데. 우리 부부는 끝이에요.

했던 그 말.

그게 지옥이다. 살아 있는 지옥.

여자   다른 거는요? 다른 거. 다른 거 기억 안 나요?

노파   뭘 말이냐.

여자   그날 말이에요. 그날 기억 안 나요?

여자, 노파의 어깨를 마구 쥐고 흔든다.

여자   기억해 봐요. 마지막 날. 혜원이 마지막 날 도대체
        어떻게 된 거예요. 어떻게 된 거냐고요.

노파, 물끄러미 여자를 쳐다본다.

노파   미안하다.

여자   미안하다면 다예요.

노파   내 정신이 아니었다.

여자   엄마는 언제나 제정신이 아니에요.

노파   미안하다.

여자   ……

노파   난 잘하려고 했었다. 너에게도, 혜원이에게도.

여자   (싸늘하게) 잘할 필요 없어요.

노파   그래도…….

여자   잘하라는 게 아니잖아요. 그날 어떻게 된 거냐고요.

노파	넌 아이스크림을 사러 갔고 난 혜원이를 돌보고 있었지.
여자	그래요.
노파	그냥 난 널 대하듯이
여자	어떻게?
노파	그냥 여기서 나가지 말라고 금을 그어주고.

여자, 입술을 깨문다.

노파	그 안에서 놀라고 했지.
여자	그동안 뭘 하셨어요.
노파	옆에 어떤 할머니가 말을 걸길래 말동무를 해주느라.
여자	(처음으로 여자의 목소리가 높아지기 시작한다.)
	절벽에서요?
노파	몰랐다.
여자	아이 혼자 두고요?
노파	금 밖을 나갈 줄.
여자	그걸 지금 말이라고 하세요?
노파	넌 나간 적이 없었어. 한 번도.
여자	또 미친 듯이 지껄여댔겠죠. 처음 보는 사람과. 안 봐도 뻔해요. 자식은 저쪽에서 죽든 말든.

절 가둬놓고도 엄마는 항상 사람들과 떠들어대느라
정신이 없었죠.

노파, 운다.

노파 내가 죽어야 해. 내가 죽어야 한다. 이렇게 살아서
      뭐 하나.
      이 서방이 아니라 내가 죽었어야 해.
여자 저랑 혜원이는 달라요. 호기심이 많다고요.
노파 넌 한 번도 내 말을 어긴 적이 없었다.
여자 전 혜원이를 가둬 키우지 않았어요. 엄마는 늘 꼭
      맞는 신발에 꼭 죄어드는 옷에……전 금 밖을 나간
      적이 없죠. 그래서 발도 자라지 않았어요. 보세요.
      (여자, 신발을 벗는다. 노파, 심드렁하게 쳐다본다.)
      혜원이는 저와 다르게 키우고 싶었다고요.
      맨발로 마음껏 뛰어다니게 하고 싶었어요.
노파 몰랐다.
여자 저는 걔한테 제가 못 가진 자유를……자유를 줬어요.
      어디든 뛰어다니고 어디든 다닐 수 있게 했어요. 걔
      는 유일한 희망이었어요. 저를 다시 살게 해주는 아
      이였다고요.
노파 미안하다.

여자   혜원이는 금 따윈 모르는 아이예요.

         노파, 고개를 숙인다.

여자   엄마가 죽인 거죠?
노파   내가 왜 혜원이를?
여자   귀찮게 구니까. 밀쳐버린 거 아닌가요?
노파   말도 안 되는 소리. 그런 적 없다.
여자   관두죠. 인정하지 않을 거 알고 있었어요.
노파   들어주는 것도 한계가 있지.
여자   눈을 보고 말하세요. 전 엄마 눈을 제대로 본 적이
         한 번도 없어요.

         여자, 노파의 어깨를 잡고 눈을 마주친다.
         노파, 고개를 돌린다.

노파   그건 네가 말을 안 들어서다. 네 눈은 너무 버르장
         머리가 없어.
여자   전 말 안 들은 적이 한 번도 없어요.
노파   넌 밥을 너무 흘리며 먹었어. 깨끗하게 치워놓은 상
         을 늘 어지럽혔지.
여자   몇 살 때요?
노파   12개월이나 되었을 때다.

여자   고작 한 살에요?

노파   그래도 나에겐 너무 큰 스트레스였다.

여자, 어이없다는 듯 웃는다.

노파   ……

여자   다 필요 없어요. 그날이나 자세히 말해봐요.
             더 자세히. 하나도 **빼놓지 않고**. 말해봐요.

여자, 노파의 어깨를 흔든다.

노파, 흔들리는 어깨에 고개도 같이 흔들린다.

노파, 갑자기 종주먹을 쥐고 여자의 배를 후려친다.

노파의 어깨를 잡고 있던 여자는 피할 새도 없다.

기습 공격에 나뒹구는 여자.

노파, 여자의 배를 올라타고 목을 조른다.

노파의 움직임은 날쌔고 빠르다.

여자, 저항하지도 못한 채 여러 차례 노파에게 두들겨 맞는다.

노파   (구호를 외치듯) 죽어. 죽어. 혜원이 죽인 년. 죽어.
             죽어.

노파, 마구잡이로 여자를 때린다.

속수무책인 여자. 소리 하나 지르지 않고 참아낸다.

노파, 힘이 넘친다. 젊은 남자처럼 여자를 두들겨 팬다.

한참을 맞던 여자, 갑자기 짐승처럼 포효한다.

여자는 우리를 부수고 뛰쳐 오르는 짐승같이 분노한다.

여자의 목소리는 알아들을 수가 없다.

비명 같기도 하고 새끼 잃은 짐승의 처절한 울음소리 같기도
하다.

여자, 노파의 멱살을 잡고 허공에 들어 올린다. 이어 내팽개
친다.

노파, 여자의 반응이 신이 난 듯.

노파   **옳지, 이제야 네 본색이 드러나는구나. 힛힛.**

노파, 진심으로 즐거운 듯 깔깔거린다.

여자한테 얻어맞는 것이 기쁜 마냥.

노파   **더 때려. 더 때려. 그 교양 있는 얼굴 아주 밥맛이었
다. 쌍욕도 해봐라. 이년아. 언제까지 이랬어요. 저
랬어요. 할 테냐.**

노파, 허공에 들려 계속 낄낄거린다.

여자, 노파를 바닥에 팽개친 뒤, 갑자기 축 쳐지는 어깨.

기세가 꺾여 목소리 낮아진다.

여자   **내가 멈추라고 했잖아요,
한 발짝만 더 내디디면 벼랑이라고.**

여자, 절망적으로 머리를 감싸 쥔다.

노파, 낄낄거린다. 신이 난 듯 바닥에 누워 버둥거린다.

노파   큭큭. 보고 싶다고 했어. 큭큭. 혜원이가 바다를.
      절벽이 바다를 가리고 있었지.
      난 보여주고 싶었어.

      여자, 비명을 지른다.

노파   바다를, 그 시커먼 바다를.
      그 조그만 게 바다를 가까이에서 보겠다고 버둥거
      려서. 난 잘 보라고. 큭큭. 잘 보라고.
      금 밖을 기어나가도 모른 체했다. 어쩔래.
      네 검고 깊은 가랑이 사이에 고개를 푹 처박듯이.
      바닷속으로 휘융~
      다시 네 배 속으로 들어간 게야. 걱정 마라. 곧 다시
      올 테니.

      여자, 머리를 쥐어뜯는다.

      여자의 처절한 흐느낌 사이로 노파의 목소리 잦아든다.

노파   큭큭. 기억난다. 네년의 얼굴이. 아이스크림을 든
      네년의 얼굴. 달콤한 아이스크림이 녹아서 네 손을

타고 흐르더구나. 진득거리던 네 얼굴.

딸기 맛이었던가. 초코 맛이었던가. 섞여 있었던
가. 큭큭. 네년 잘못이야.

아이스크림을 샀으면 냅다 냅다 뛰어와야지. 질질
녹도록 서 있었잖냐.

멍청하게 혜원이가 떨어지는 모습을 보고만 있었
지. 조그만 얼굴이 피투성이가 된 걸 그물로 낚아
올렸냐. 퉁퉁 불었지. 해삼처럼.

여자, 바닥에 누워 운다.
노파, 콧노래를 부르며 여자의 주위에 원을 그린다.

노파   **여기서 빠져나오면 반칙이야. 알지?**

여자, 계속 운다.

노파   기억나냐. 넌 어릴 때 매일 여기에 갇혀 있었다. 금
으로 온통 네 주위를 둘러싸 놓았지. 그 안이 네 세
상이었다.

여자, 고개를 든다. 정말 그 금을 나가는 것이 두려운 듯, 웅
크린 채 노파를 쳐다본다.

노파   그렇지. 말 잘 듣네. 그 안에만 있어라. 내가 밥도

주고 기저귀도 갈아주마.

바깥세상은 날카로운 모서리들로 가득 차 있다. 네 몸뚱어리를 노리는 것들 천지야. 밖을 나오면 결국 불행들이 너를 갉아먹을 게야.

(고개를 흔든다.) 생각만으로도 끔찍하다. 시궁창이 따로 없지, 암. 여기서만 놀아라. 착한 내 아기.

난 차 한잔하고 오마.

오늘은 모임이 있다. 알지? 늦을 게다.

여자, 금 안에서 정말 아기처럼 기어다닌다.

노파, 전화기와 이것저것 물건들을 던져준다.

여자, 물건들을 이리저리 물고 빤다.

노파   옳지 내 아가. 내일은 딸랑이를 사 오마. 종이 즐겁게 울릴 게다. 딸랑딸랑. 미친 듯이 말이다. 재밌겠지.

여자, 옹알이하듯 입을 오물거린다.

노파   뭐라고? 엄마 사랑한다고? 그래. 나도 사랑한다. 내일은 소풍을 가자꾸나. 가서 바다도 보고 아이스크림도 사 먹자꾸나.

노파, 금 안에 들어가 여자를 어르고 달랜다.

여자, 노파의 품에 안겨 힘없이 늘어진다.
노파, 자장가를 부른다.

노파   **잘 자라 우리 아가. 앞뜰과 뒷동산에 새들도 아가**
                양도 잠을 자는데⋯⋯.

노파의 자장가 소리 점점 작아지며 무대도 점차 암전.
무대 켜지면 칼국수를 요리하는 여자와 지켜보는 노파와
아이. 아늑한 조명이다.

노파   **애호박을 쫑쫑 썰어라. 씹히는 맛이 있어야지. 육수**
                에 다포리 잊지 말고. 황태 대가리가 국물 맛을 살
                린다.
여자   **넣었어요.**

여자, 다 끓인 칼국수를 노파와 아이 앞에 내어온다.
노파, 흔들의자에서 흐느적거리며 내려온다. 칼국수를 한 젓
가락 입에 넣는다.

노파   **그래. 이 맛이야. 면발도 딱 적당하다. 넌 예전부터**
                칼국수가 일품이었지.

여자, 묵묵히 칼국수를 입에 넣고 노파는 무엇이 그리 좋은
지 싱글벙글하며 칼국수를 먹는다.

아이	엄마, 소풍 간댔잖아. 언제 가? 가서 바다도 보여준 댔잖아.
여자	응. 내일 가자.
아이	할머니는 왜 저래?
여자	뭐가?
아이	좀 이상해.
여자	잠시 건망증이 심해지셔서 그래. 칼국수 먹자. 맵니.

아이, 고개를 끄덕거린다.
여자, 면발을 씻어서 아이 입에 넣어준다.

아이	(면발을 오물거리며) 어젠 내가 종이 인형 잘라달라고 가위를 가져다 드렸어. 근데 갑자기 가위로 내 손가 락을 자르려고 했어. 귀찮게 하지 말래. 이제 할머 니랑 놀기 싫어.
여자	곧 괜찮아지실 거야.
아이	언제쯤?
여자	내일 할머니랑 병원도 가고 바다도 보러 가자.
아이	정말? 이야 신난다.
여자	(혼잣말로) 다 괜찮아질 거야.
아이	다시 예전처럼 돌아오는 거야?
여자	(또박또박 힘주어) 그럼. 다시 예전처럼. 돌아오는 거야.

아이	응. 한 밤만 자고 바다 본다고 했다.
여자	그래. 약속해.
아이	응. 약속.

아이, 새끼손가락을 내밀고
여자, 그 새끼손가락을 걸고 엄지로 지장도 찍어준다.
아이, 해맑게 웃는다.

* 막

초대

등장인물

김 과장

백 차장

권 대리

무대

책상 세 개가 놓여 있는 평범한 사무실.
벽에는 괘종시계가 걸려 있다.
사무실 한쪽은 유리창으로 되어 있다.
유리창 앞에 서 있는 백 차장과 권 대리,
커피를 마시며 밖을 바라보고 있다.

권 대리	방금 봤어요?
백 차장	(무덤덤하게) 응.
권 대리	목이 꺾어졌어요. 꼭두각시처럼.
백 차장	요즘 투신이 왜 이리 많아.
	청소부 생각은 안 하나.
권 대리	소문이 안 좋았대요.
백 차장	(커피잔을 들며) 이거 카라멜 마끼아또 맞아?
권 대리	왜요? 맛이 달라요? 새로 생긴 카페에서 사 왔어
	요. 여자가 매일 미니스커트를 입고 있죠. 힛.
백 차장	아직 안 마셨어. 자네, 재경부 미스 김인가…….
	좋아하지 않았나?
권 대리	(머리를 긁적이며) 그렇긴 한데 다리는 그 여자가 더
	예뻐요. 아……. (아쉬운 듯 입맛을 다시며)
	오동통한 미스 김 가슴에 그 여자 다리를 붙이면 완
	벽할 텐데.
백 차장	다 가질 순 없지.
	하나를 취하면 하나를 버릴 수밖에.
	아, 무슨 소문이라고?
권 대리	주식이 뚝, 반토막 났대요.
	미수금까지 썼는데 집 다 날렸대요.
백 차장	간이 팅팅 부었군. 집까지 날리다니.
권 대리	그럼 막 사채업자들이 찾아오고 그러겠죠?

백 차장 속이 썩어서 내다 팔 장기도 없을 텐데. 쯧. 팅팅 부
은 간을 누가 사 가. 미수금이 장난인가.

(커피를 음미한다.) 흠. 향이 좋군.

권 대리 유학파였대요.

백 차장 불행이 학벌 따라오진 않지. 학벌 따라 주식이 오르
지도 않고.

권 대리 그에 비해 전 참 행복한 것 같아요. 가방끈은 짧지
만 하루하루 즐겁거든요.

백 차장 자네 아버지가 여기 높으신 분이니까. 소문에 자네
명의로 빌딩도 두 채 있다며?

권 대리 에이, 또 낙하산이라고 놀리려는 거죠.

백 차장 …… (쓴웃음 지으며 커피 마신다.)

권 대리 (창틀에 턱을 괸다.) 아, 저 사람도 낙하산이 있으면
저렇게 떨어지진 않았을 텐데.

백 차장 목매달아 죽은 놈보다는 낫지. 네거리에 효수하는
것도 아니고 원, 참. 저번에 어떤 놈은 여닫이, 그
조그만 창에 몸뚱이를 들이밀고 목을 매달았더만.
23층에서 말이야. 유리창 닦는 사람이라도 있었어
봐. 얼마나 놀랐겠어.

(다시 커피 음미한다.) 가는 순간까지 고생을 해야 직
성이 풀리는지, 원.

그때 음산한 얼굴로 등장하는 김 과장, 병색이 완연하다. 바지 사이로 삐져나온 셔츠와 헝클어진 머리가 산만하다.

권 대리   엇! 김 과장님, 오랜만에 출근하시네요.

백 차장   자네는 **빽**도 없으면서 왜 그리 무단결근을 자주 해. 상부에서 가만있지 않겠다고 난리야. 아나? 자네 스카우트만 안 해왔어도 쯧.

권 대리   에이. 그만하세요.
           (즐거운 축제를 알리듯) 과장님! 옆 건물에 사람 떨어진 거 봤어요? 전요. 태어나서 처음 봤어요. 실시간으로.
           (호들갑 떨며) 후와, 놀랐어요.

김 과장, 경멸하는 눈빛으로 권 대리 잠시 노려본다.

권 대리   (겁에 질려서) 아는 사람이에요?

김 과장, 고개 까딱.

백 차장   아는 사람이라…… 뭐, 안타깝겠군.
           (심드렁하게) 좁은 땅덩어리, 네 다리만 건너면 전 국민이 아는 사람일 게야.

김 과장, 회사 벽시계를 쳐다본다. 불쾌한 얼굴이다.

권 대리, 김 과장을 한 번 쳐다보고 벽시계를 한 번 본다.

권 대리　벽시계에 뭐 묻었어요?

김 과장　곧 죽어나겠어.

권 대리　뭐가요?

백 차장　약이 다 떨어지긴 했지.

김 과장　……느릿느릿.

백 차장　그런 소리 말고 자네가 건전지라도 사 오게. 출근이
　　　　　나 제때 하고.

김 과장　떼버려야겠어. 쓸모없이 덩치만 큰 놈.

권 대리　풋. 저 괘종시계가 크긴 하죠. 정말 안 어울려요.
　　　　　삭아서 삐걱거리고, 종 하나 고철로 팔면 땡이죠.
　　　　　인건비도 안 나올 걸요.

백 차장　왜? 자네가 가져가게? 혹시……
　　　　　(백 차장, 유심히 김 과장을 살펴본다.) 아, 기분 상해는
　　　　　말게. 요즘 시계 도난 사고가 많아서 말이야. 로비
　　　　　에 걸려 있던 시계도 사라졌어. 다 썩어가는 저 괘
　　　　　종시계만 빼고.

김 과장　……

백 차장, 김 과장을 다시 힐끗 본다.
김 과장, 벽시계만 쳐다본다.

백 차장　그거 설마……자네는 아니지?

권 대리　(놀라며) 에이, 차장님도 무슨 그런 말씀을. 왜 그러
　　　　　겠어요?　좀도둑 짓이에요.

김 과장　……

백 차장　대답해 보게.

김 과장　……

백 차장　어허, 자네 이러면 더욱 의심되는 거 몰라?

권 대리　에이, 아니라니까요.

백 차장　자넨 조용히 해.

권 대리, 풀 죽어 눈치 살핀다.

백 차장　(언성 높아진다.) 말이 나왔으니 말인데, 자넨 뭐가
　　　　　그리 비밀이 많아. 결혼도 하고 아기도 있다면서 결
　　　　　혼식, 돌잔치 뭐, 가본 적이 없어.

권 대리　(중얼거리며) 초대해도 아무도 안 갈 걸요.

백 차장　권 대리, 나불거리지 말고 좀 가만 있어.
　　　　　자네 집에 한번 가야겠어.

권 대리　전 별로.

백 차장, 권 대리 발을 꽉 밟는다.
아얏! 하고 소리 지르는 권 대리.

백 차장   언제 초대할 건가. 한번 가야겠다니까.

김 과장   왜 그렇게 오고 싶으시죠?

권 대리   상부에서 알아보라고 했나 보죠. 가정 방문. 담탱이
처럼요.

백 차장, 다시 권 대리 발을 밟는다.
권 대리 샐쭉해진다.

백 차장   윗사람이 간다면 가는 거지. 뭘 그리 토를 달아.

김 과장   곧 초대될 거예요. 보채지 않아도.

백 차장   어허. 말버릇 하곤. 보채다니.

김 과장   언젠가 다들 초대될 거예요.

백 차장   뭐라 나불거리는 거야?

김 과장   영원을 원하세요?

백 차장   뭐?

김 과장   영원이요. 자지 않고, 쉬지 않는, 그래서 살까지
바짝 마르는 영원이요. 저희 집은 영원을 원하는
사람만 초대하는 곳이에요. 그런 친구들이 집에 가
득 있죠.

백 차장   뭔 개소리야? 음식이나 준비해. 꼭 갈 거니까. 오
랜만에 포식이나 하자고.

김 과장   후회하시면 안 돼요. 절대. 그럼 원래 있는 친구들
이 섭섭해하니까요. 그럼 전 퇴근할게요.

(포스트잇에 끼적인다.) **여기 저희 집 주소요.**

백 차장   고맙네. 내일 보세. 아, 아니지. 자네 미쳤나. 지금 오후 두 시야.

김 과장   햇빛도 눈 부시고, 더 이상 못 견디겠어요. 사람들 냄새. 계속 토할 것 같아요. 피만 흥건한 바다. 누군가 나서서 걸레질을 해도 다시 피가 한가득. 이쪽도 저쪽도 모두 피비린내.

머리를 감싸쥐며 약간 게워내는 김 과장.
백 차장, 얼굴을 찌푸린다.
뒤늦게 발견한 권 대리, 김 과장 등을 두드려 준다.

백 차장   허 참. 이 사람. 청소부는 생각 안 하나. 여기 이렇게 토해놓으면 어쩌란 거야. 에이. 얼른 퇴근해. 무슨 갓난쟁이도 아니고 허연 젖을 토해놓나. 배앓이야 뭐야.

책상에서 이것저것 주섬주섬 챙겨 퇴장하는 김 과장.

백 차장   저 새끼, 웃기군. 뫼르소도 아니고. 뭔 빛이 눈 부셔.
권 대리   후와, 백 차장님. 뫼르소도 아세요? 판타지만 읽는 줄 알았는데.
백 차장   그러는 자네는?

권 대리	필독서 100에 있어서 알죠. 이응까지는 읽었어요. 그런데 진짜 가실 거예요? 김 과장 약이라도 한 것 같이 비몽사몽. 제정신이 아니에요.
백 차장	그래. 맛 갔지. 똑똑했는데. 뭐, 소용 있나. 건전지 나간 놈은 째깍 갈아야지.
권 대리	저도 건전지 나가면 (목 긋는 시늉을 한다.) 이렇게 되나요?
백 차장	자넨 저 높은 곳에서 태양열로 영원히 채워주잖아.
권 대리	(천진난만하게 웃으며) 아, 맞다.
백 차장	그래도 저놈 처음 왔을 때 난리도 아니었어.
권 대리	무지 똑똑했다면서요?
백 차장	그럼. MBA 아무나 따나. 지금은 개나 소나 따지만 그때는 아니었어.
권 대리	농구선수였나요? 어쩐지 키가 껑충 크더라니.
백 차장	(큰 목소리로) NBA가 아니고 엠, 엠! MBA라고 들어는 봤냐. 귀 좀 파고 다녀.
권 대리	(머리를 긁적이며 머쓱하게) 알아요. 거기. (다시 의기양양하게) 그래 봤자 월급은 별 차이 없잖아요.
백 차장	이런, 씨뱅. 넌 어느 회사를 가도 빌딩 월세보다 못할 거야. (고개를 주억거리며) 암, MBA보다 빌딩 월세가 낫지.

나도 상가 하나 있으면 이 지랄 안 하고 살 텐데.

권 대리   (멋쩍은 듯) 그런데 왜 왔대요?

백 차장   뭐, 외국 살기 팍팍했겠지. 이만 뽑아도 몇백 든다
        는데. 몸뚱아리 이곳저곳 아픈 나는 갈 수 있어도
        못 가겠어.

권 대리   못 가니까 못 가는 거지. 갈 수 있는데 왜 못 가요?

백 차장   그러는 자네가 나가지 왜? 돈도 있겠다.

권 대리   저는 여기가 좋아요. 여자들도 예쁘고. 힛.
        (뭔가 아는 듯한 추임새로) 아~ 맞다.

백 차장   뭐가 아~야?

권 대리   (머뭇거리며) 이거 말하면 안 되는데.

백 차장   어차피 할 거잖아. 얼른 말해.

권 대리   저번에 술자리에서 가물가물 들었는데요. 사람들
        이 그러는데, 거기서 부인이 바람나고 한인 사회에
        망신살이 뻗쳤대요. 그래서 들어온 거라고. 근래에
        는 돌쟁이 아기도 죽었대요. 그래서 저렇게 반쯤 정
        신이 나간 거래요. 수시로 동요도 흥얼거리고, 완전
        정신병자 됐다고.

백 차장   헛소리야.

권 대리   네? 왜요?

백 차장   MBA 따고 빠르게 올라가니까. 벌써 과장 달았잖아.

권 대리   그게 왜요?

백 차장   저네들보다 똑똑하니까 까는 거지.

권 대리   그게 그렇게 대단해요?

백 차장   그땐 대단했어. 특히 여긴 한 명도 없었지. 시기와 질투가 더해지면 무조건 루머가 돌아. 낯설어도 까이고. 별의별 소문이 다 돌지. 내가 보기엔 그냥 슬럼프야.

권 대리   다 까네요.

백 차장   걱정 마. 너는 안 까.

권 대리   쳇. 저는 멍청하고 낯설지도 않아서요?

백 차장   빙고!

권 대리, 샐쭉해져서 커피만 홀짝거린다.

백 차장   그런데 슬럼프가 너무 길어. MBA고 나발이고 정말 끝났지. 인사부 낌새가 이상해. 그래도 귀띔해 줬으니 내가 한번 어떤 상황인지 봐야지.

권 대리   맞네요. 가정 방문. 상부 지시 맞죠? 이래 봬도 제가 눈치 하나는 백 단이에요.

백 차장   (째려보며) 그렇다고 그걸 김 과장 앞에서 말하나. 씨뱅아. 못 가면 어쩔 뻔했어. 보고도 해야 하는데. 입 좀 조심해.
          (창밖 내다보며) 하여튼 회사에서도 아깝긴 한가 보더

군. 이렇게까지 하는 걸 보면.

그런데 완전 방전된 것 같아. 깜빡깜빡. 아예 갔던
데 뭐. 충전기도 없을 테고. 마누라 바람나고 돌쟁
이 아기도 죽었다며?

권 대리   헛소문이라면서요?

백 차장   물론 헛소문이겠지만, 만에 하나 사실이면 네거리
에 효수되는 거 시간문제 아냐? 끈 떨어졌지. 돌아
갈 곳 없지. 그렇다면 인사부에서도 빨리 조정해야
지. 불필요하게 임금이 나가선 안 되니까.

권 대리   후와, 살벌하네요.

백 차장   원래 그런 거지. 그런데 죽는 게 별 건가. 다들 그런
마음 아닌가?

권 대리, 고개를 흔든다.

백 차장   아, 자네 빼고. 아니 빽 있는 놈들 다 빼고. 알고 보
면 매일 아침 효수되는 기분일 걸. 지하철에서 우르
르 나올 때 봐봐. 저승사자 아가리에 들어가는 얼굴
들이지. 솔직히 저놈들 부러워. 난 피해 줄까 죽지
도 못하겠어. 투신하자니 골 부스러기 쓸어 담을 청
소부 걱정에, 목매달자니 대롱대롱 매달린 내 모습
볼 청소년들 걱정에. 집에서는 또 마누라, 아이들

충격 받을 걱정에. 나 한 몸이면 그냥! (종이 커피잔을 찌그러뜨려 쓰레기통에 던진다.)

권 대리 무슨 말씀인지 잘 모르겠어요. 전 지하철도 안 타서.

백 차장 (한숨 쉰다.) 자넨 몰라도 돼. 모르는 게 낫지.

권 대리 근데 정말 가실 거예요?

백 차장 인사부 보고도 그렇지만 우선 내 시계를 찾아야 해. 저놈이 훔쳐 간 게 틀림없어.

권 대리 (허전한 손목을 들여다보며) 제 시계도 찾긴 찾아야 하는데.

백 차장 그런데?

권 대리 무서워요. 아는 사람이 자살했는데 우린 시시덕댔잖아요. 막 상한 음식 줘서 배탈 나게 하면 어쩌죠. 전 남의 집에서 똥 못 싼단 말이에요.

백 차장 휴, 마마보이 새끼. 최대한 많이 모아서 가자고. 연락해 봐.

이쪽저쪽 전화 돌리는 권 대리.

백 차장 (권 대리 머리를 딱 때리며) 사내 메신저 써.

권 대리 아, 맞다. (타이핑 치는 소리)

백 차장 **어떻게 됐어?**

권 대리 3명은 묵묵부답. 나머지는 안 간대요. 집들이 초대

했었는데 아무도 안 갔대요.

백 차장   집들이? 그땐 우리 부서가 아니었나 보군. 그럼 총
다섯이니까 괜찮지?

권 대리   3명은 묵묵부답이라니까요.

백 차장   뭐 간다고 생각하자고.

권 대리   차장님, 시계 꼭 찾으셔야 해요?

백 차장   그래. 꼭 가야 해. 장모가 힘들게 사준 시계야. 한
정 수량이었어. 만날 때마다 시계 어딨느냐고 물어.
둘러대는 것도 지쳤어. 그놈의 틀니를 해준 뒤로 말
만 더 많아졌어. 엿이라도 물려서 몽땅 빼버리던가
해야지. 계속 시계 타령이야. 짝퉁 끼고 갔다가 어
찌나 타박을 받았는지. 뭔 노인네가 백내장이 와도
시력은 몽골인이야. 바로 알더라고.

권 대리   전 시계 없어도 괜찮은데.

백 차장   자네가 따라가면 내 미스 김이랑 식사 자리 한번 마
련하지.

권 대리   정말요? 백 차장님이랑 친해요?

백 차장   흠흠. 미스 김 신참이지?

권 대리   네. 그래서 제 사정을 몰라요. 막 떠벌리고 싶지만
미스 김이 돈 때문에 넘어오는 건 싫어요.

백 차장   그래. 그 맘 알지. 걱정 말게. 내일 가서 시계만 찾
자고.

권 대리	정말이죠? (기뻐서 날뛴다. 들뜬 목소리로) 참! 세제를 사 갈까요? 휴지를 사 갈까요?
백 차장	그건 내일 의논해. 이제 일 좀 해. 주식 보거나 떠들거나 늘 둘 중 하나군 그래.
권 대리	(백 차장 눈치 잠시 보다가 다시 입 연다.) 그런데 김 과장 눈빛이요. 분노가 그냥 이글이글. 그러다 멍해져요.
백 차장	또 뭔 소리야?
권 대리	어딜 향하는지. 허공에 둥둥 떠 있어요. 눈빛이.
백 차장	자네 공포 영화를 너무 봤어. 그래서 어디 화장실이나 가겠나. 펀치기당할까.
권 대리	맞아요. 전 무서워서 공중화장실 잘 안 가요. 차장님은 세상 무서운 줄 모르시네요.
백 차장	으휴. 자네 그 주둥이. 나까지 심란해지는군. 그만 일이나 해. 자네가 아무리 지껄여도 내일 가는 건 변함없어. 저 매가리 없는 놈이 어찌할까 그래? 겁만 많아서는. 쫏. 일이나 해.
권 대리	네.

타이핑 치는 소리, 팩스 오는 소리, 부산스러운 소리 잦아들며 무대 암전.
무대 켜지면 김 과장의 집.
4인용 식탁이 놓인 거실. 식탁에는 약통과 물 한 컵, 그리고 3인분의 미역국과 밥이 놓여 있다. 아무런 반찬도 없다.

배경 음악은 바이올린 연주곡 중 시계가 똑딱거리는 것처럼 짧고 불안한 음으로 이루어진 것은 무엇이든 괜찮다.

낮게 깔린다. 들릴 듯 말 듯.

쭈뼛거리며 현관에 들어서는 백 차장과 권 대리.

권 대리, 세제를 선물로 건넨다.

건성으로 받는 김 과장. 구석에 둔다.

백 차장   **초대해 줘서 고맙네.**

        (사방을 둘러보며) **집을 아주 단단하게 지었군.**

김 과장   **네. 소음은 질색이에요. 오래도록 지은 집이죠. 설**
        계부터 제 손이 안 들어간 곳이 없어요.

        ……집들이 때 오시지 그러셨어요.

백 차장   **그러게 말일세. 집들이 때 아무도 안 간 걸 뒤에 알**
        았지 뭔가.

권 대리   (방을 살펴보며) **정말 앤틱하네요. 천장이 높아서 무**
        섭긴 하지만…….

        (식탁 위 약병을 가리키며) **무슨 약이에요?**

김 과장   **잠이 안 와서요. 좀 먹어볼래요?**

권 대리   (놀라서 고개를 흔든다.) **아니요. 됐어요.**

김 과장   **그렇게 서 있지만 말고 좀 앉으세요.**

        (순간, 몹시 놀라며) **이런, 양말에 흙이 묻었네요.**

권 대리, 놀라서 바로 털어낸다.

| 권 대리 | 죄송해요. |

김 과장, 얼굴 찌푸리며 먼지 부스러기를 모아 휴지통에 넣는다.

김 과장	와이프가 더러운 건 질색해요.
권 대리	(백 차장에게 귓속말로)
	헛소문인가 봐요. 한번 물어보세요.

팔꿈치로 서로 티격태격한다. 결국 백 차장이 묻는다.

백 차장	흠흠, 자네 안사람은?
김 과장	아파서 쉬고 있어요.
백 차장	몸이 약한가 보군.
김 과장	현관에만 계시지 마시고 식탁에 앉으세요.
	국이 식어요.
백 차장	벌써 준비됐나.

권 대리와 백 차장, 식탁으로 가서 앉는다.

| 권 대리 | (불안한 듯 계속 다리 떨면서 울상 짓는다) 차장님, 괜히 온 거 아닐까요. 보면 볼수록 이 집 무서워요. 어디선가 자꾸 삐걱거리는 소리가 들려요. 바이올린 소리와 함께요. |

백 차장   식탁 의자야. 네가 계속 다리 떨고 있으니까 삐걱
거리잖아. 바이올린은 무슨. 이런 씨뱅. 나까지 무
섭잖아. (혓바닥을 약간 내밀고 고개를 좌우로 빠르게 흔든
다.)

권 대리   차장님도 무섭죠? 긴장하면 꼭 이러시잖아요. 개처
럼. 그냥 빨리 가요. 시계는 다음에 찾아요. (백 차장
의 팔짱을 꼭 낀다. 백 차장, 귀찮아하며 빼낸다.)

백 차장   어이. (짐짓 큰소리로) 그건 그렇고. 자네 언제부터
무단결근을 시작했나? 무슨 사유로? 사유가 하나
도 없어. 사유가. (수첩을 꺼내 더듬더듬 살펴본다.)

권 대리   차장님. (김 과장 눈치를 살피며) 그런 얘기는 나중에
해요. 식사부터 하고.

백 차장   흠흠. (음식을 둘러보며) 이거 집들이라면서 음식이
왜 이래? 웬 미역국이야? 누구 생일이야? 아니면
애라도 낳은 거야? 적어도 해파리냉채나 잡채쯤은
있어 줘야 하는 거 아닌가? 요즘 음식이 부실해서
안 그래도 목이 뻣뻣해. 회사 식당이 형편없어. 원,
군대도 아니고. 오늘은 삽으로 국을 퍼내더라니까.
(목뒤를 두드리며) 제기랄, 근처 식당도 마찬가지야.
그나마 잡탕찌개 하는 할멈집이 제일 나은데 오늘
은 당면이 퉁퉁 불어 있더군. 젠장. 험. 험. (국을 몇
숟갈 뜬다.)

김 과장   얼마 전에 아기를 낳아서 미역국을 준비했어요.

백 차장   누가?

김 과장   제 와이프가요.

권 대리   (귓속말로) 헛소문이 확실하네요.

백 차장   그럼 인사는 좀 해야지. 그게 서로 예의니까.

김 과장   우선 좀 드세요. 다른 거 더 필요하세요?

백 차장   필요한 건 많지만 (휘휘 둘러본다.) 뭐, 있을 것 같지
           도 않군. 서양식 대접인가. 아주 간소해. 혀로 핥으
           면 접시, 안 씻어도 되겠구먼. 음식이 부실하면 안
           주인이 나와서 노래라도 곁들여야지. 그래야 흥도
           나고 사람 맛도 나지, 원.

김 과장   정 그러시면 부를게요. 그런데 노래는 못하고 연주
           는 해요.

백 차장   연주라. 그것도 좋지. 아코디언 같은 거 말이야. (아
           코디언 연주하듯 어깨를 들썩인다.) 난 품바를 아주 좋아
           했지. 어릴 때 품바와 같이 온 아코디언 악사를 따
           라다니면서 신이 보통 난 게 아니었어. 요즘도 그런
           게 있나 모르겠군.

권 대리   전 TV에서만 봤어요.

김 과장   그런 건 아니에요. 바이올린이죠.

백 차장   오, 서양 악기. 부잣집이었군.

김 과장   그거라도 들려드려요?

백 차장	좋지. 자고로 풍악이 있어야 음식이 들어가는 법. 얼른 불러와. 오랜만에 클래식으로 귀 호강 좀 해보자고.
권 대리	아프시다는데.
백 차장	아파도 오늘은 좀 놀아야지. 너무 귀찮게 안 할 테니. 걱정 말고 나오라 그래. 집이 너무 고요해도 못 쓰는 법이야.
김 과장	네. (무대 구석에서 바이올린 가져온다.)
백 차장	(박수 짝짝) 오, 악기 먼저 등장이군.
김 과장	잘 들으세요. 연주. (바이올린을 식탁 의자에 둔다.)
백 차장	흠흠. 알았네. 내 집중하지.

셋 다 침묵, 잠시 뒤 김 과장, 백 차장에게 말한다.

김 과장	연주가 많이 녹슬었네요.
백 차장	괜찮아. 소싯적에야 누구든 잘 나갔지. 얼른 나오라 그래.
김 과장	연주 끝났어요.
백 차장	……
김 과장	아름답지 않으셨나요?
백 차장	……
김 과장	(단호하게) 끝났어요. 연주.
백 차장	이런 씨뱅. 미친 겐가. 누가 연주를 했다 그래? 자네

와이프, 벌거벗은 임금님인가? 내 눈에만 안 보여?

권 대리 　저도 무슨 소린지.

김 과장 　(신경질적이다.) **시끄럽대요.**

백 차장 　**뭐?**

김 과장 　**조용히 하래요.**

권 대리 　**누가요?**

김 과장 　**와이프가.**

백 차장 　**와이프가 어디 있는데.**

김 과장 　**여기요.** (바이올린을 가리킨다. 식탁에서 일어나 백 차장
　　　　　과 권 대리에게 다가와 귓속말을 한다.)

　　　　　배가 고프대요. 우선 밥 좀 먹일게요. 밥을 먹이면
　　　　　활이 머릿기름 바른 것 마냥 유연할 수도 있어요.
　　　　　그러면 결혼식장 단골 연주곡인 〈사랑의 인사〉 한
　　　　　곡 멋지게 들려드릴게요.

　　　　　(바이올린에 미역국을 한 숟갈 떠서 먹이려고 한다.) 내가
　　　　　끓인 미역국이야. 고상한 당신에겐 어울리지 않지
　　　　　만. 그래도 배경 음악은 좋지 않아? 당신 서랍에서
　　　　　아무거나 꺼내서 틀었어. 깽깽이는 잘 모르지만 …
　　　　　… 미안해. 깽깽이라고 해서. 사나운 얼굴로 쳐다
　　　　　보지 마. 얼굴이 검붉어. 무섭다고. 빨리 밥이나 먹
　　　　　어. 미역국을 먹어야 피가 잘 돌아. 피가 잘 돌아야
　　　　　연주도 잘하고 아기도 잘 돌보지. 빨리 먹어.

권 대리   (울먹이는 목소리로) 차…장…님. 그냥 나가요. 난 시
            계 포기할래요.

백 차장   그…그래……여기까지 와서 싸울 수도 없고 빨리
            먹고 나가자고.

권 대리   이것만 먹고 나간다고 해주세요. 저 무서워서 머리
            털이 다 섰어요. 여기 보여요? (팔뚝 들이댄다.) 완전
            닭살이에요.

백 차장   여어이……김…김…과장, (바이올린을 보던 김 과장이
            백 차장을 쳐다보자 흠칫 놀라는 백 차장, 의자가 넘어갈 뻔,
            겨우 자세를 바로잡는다.) 우리는 후딱 이…이…것만
            머…먹고… 가겠네. 집이 아주 고풍스럽구먼. 거 몇
            인용 식탁인가 뭔가 하는 공포 영화에 나오는 집 같
            지만……나름 운치 있네.
            (어색한 웃음) 하하하.

            겁에 질린 권 대리, 의자 뒤에 걸쳐놓았던 옷을 입으려고
            한다. 김 과장 눈치를 보며 권 대리 잡는 백 차장.
            김 과장, 둘을 바라본다.

김 과장   왜요? 어디 가시게요?

백 차장   아…아닐세……. 가긴 어딜 가겠나. 여기서 포커도
            치고 술도 진탕 먹고 놀아야지. 자네 집에 양주는
            있나. 마시면 온몸을 찌릿하고 몽롱하게 하는 그런

술 말일세.

김 과장   (단호하게) 그런 건 없어요. 술은 몸을 망치죠. 판단력을 흐리게 해요. 저는 건강에 좋지 않은 것은 하지 않아요.

백 차장   (민망해하며 권 대리에게 작은 목소리로) **이것만 먹고 기회 봐서 가자고.**

권 대리   (작은 목소리) **언제요?**

          (울먹인다.) **지금 가고 싶어요.**

백 차장   (작은 목소리) **좀 참아. 사내자식이. 자연스럽게 빠져나가야지.**

셋 다 묵묵히 밥을 먹는다.
김 과장, 수시로 바이올린을 쳐다본다.
백 차장과 권 대리, 불안하지만 얼마 지나지 않아 먹는 것에 집중한다.

김 과장   제 아내는 바이올린을 연주했어요. 자주 듣지는 못했지만. 젊었을 때 상도 여러 번 탔었죠.

권 대리   (그 사이 긴장이 약간 풀린 듯) 아 …… 예전에 들었어요. 밤마다 연주한다고. 부인이었군요.

백 차장   (억지로 밥을 씹으며) 그…그런가?

김 과장   **아내의 바이올린 소리는 정말 아름다웠어요. 깽깽깽…깽깽깽…깽깽깽**

백 차장   그만하게. 개 짖는 소리 같기도 하고, 원.

권 대리   (긴장 풀려서) 참. 좋네요. 깽깽깽. 깽깽깽. 뭔가 심오해요.

백 차장   심오하긴. 개뿔. (혀를 약간 내밀고 고개를 빠르게 좌우로 흔든다.)

김 과장   자꾸 개 얘기하지 마세요.

백 차장   (갑자기 으르렁거린다.) 멍멍멍. 멍멍멍

권 대리   뭐예요 백 차장님 미쳤어요?

백 차장   (목소리를 가다듬는다.) 글쎄. 이 집은 사람을 미치게 하는 데가 있어. 식탁도 검붉고 바이올린도 검붉고. 더 이상 있다간 미칠 것 같아.

김 과장   아내는 바이올린뿐만 아니라 책도 좋아했어요.

백 차장   잘났네. 그려. 음악에 문학에 …… 왜 미술 쪽에는 조예가 없었나?

김 과장   아내는 '69'라는 제목의 책을 특히 좋아했어요.

백 차장   그거 읽어본 것 같기도 하네. 어릴 때. 뭐 69년생들 얘기 아닌가?

김 과장   아내는 책 제목만 좋아했어요.

권 대리   미역국 계속 먹다 보니까 맛있는 것 같아요. 간이 딱 적절해요. 그런데 약간 비린 것 같기도 하고. 그런데 이게 매력인 것 같아요.

김 과장   마지막 아내 모습도 어떤 남자와 69로 누워 있는 모습이었어요. 제가 계속 지켜봤어요. 흘레붙는 개처

럼 뒤로 붙더군요. 그리고 다시 69. 다시 개처럼. 다시 69. 다시 개처럼. (목소리 커지다가 점점 작아지고 마지막에는 음산할 정도로 낮은 목소리다. 다시 원래의 목소리로) 미역국 더 드려요?

권 대리   (겁에 질린 목소리로) 아니요. 괜찮아요. 그래서 집을 나간 거예요?

백 차장   어이. 그만해. 요즘 바람 안 피우는 사람 어디 있는가. 나도 각방 쓴 지 오래되었어. 좆도 안 서. 가끔 몽정으로 해결되더군. 흔드는 것도 귀찮아. (자조감에 빠져 계속 중얼거린다.) 이놈의 솜방망이. 담글 곳도 없고 담글 좆도 없고. (흥얼흥얼)

김 과장   죽었어요. 제가 너무 화를 내서.

권 대리   화를 내서 죽었다고요?

김 과장   아니요. 죽여버릴 것 같아서 밖에 잠시만 있으라고 했는데 …… 문을 열어 보니 이미 차를 몰고 사라졌더군요. 옆에 돌 지난 제 아들을 태우고. 늦은 밤이었죠. 모든 게 조용했어요. 시계 초침 소리조차 들리지 않을 만큼. 영원히 멈춰 있는 것 같았죠. 순간 정지. 그리고 (두 팔로 커다란 원을 그리며) 꽝. 폭발했어요.

백 차장   ……

권 대리   ……

김 과장 　머리가 박살 나서 죽었죠. 제 아이는 목이 꺾여서 죽었어요. 정확히 90도. (김 과장 자신의 목을 오른쪽으로 확 꺾는다. 놀라는 백 차장과 권 대리) 조미료를 안 넣었는데. 건강을 생각해서. 맛이 괜찮나 봐요.

권 대리 　(공포에 질려) 아……맛…맛 좋아요.

김 과장 　백 차장님은 어때요?

백 차장 　(정신이 번쩍 드는 듯) 나…나도……맛…맛…있…네. 김 과장……뭐라고 말을 해야 할지 원…….

김 과장 　제 아들이 막 옹알이를 할 때였어요. 아들의 시체는 정말 붉었어요. 뭐. 갓난쟁이들은 다 붉으니까요. 여기 미역국 안에 쇠고기 좀 더 드세요.

백 차장 　괜…괜찮네. 이미 배가 불러. 터질 것 같아. 속도 안 좋고.

권 대리 　저는 오줌이 마려워요.

김 과장 　제가 화장실을 안내해 드릴게요.

백 차장 　아…아닐세……난 집에 가서 소화제 먹으면 될 것 같네.

권 대리 　(울먹인다.) 저는 쌀 것 같아요.

백 차장 　(권 대리의 팔을 붙잡으며) 좀 참을 수 없나. 자네.

권 대리 　못 참겠단 말이에요.

김 과장 　저를 따라오세요.

백 차장 　무슨 안내씩이나. 집도 안 넓은 것 같은데. (집을 휘

휘 둘러본다.)

김 과장, 권 대리를 데리고 무대 한쪽으로 간다.
묵묵히 밥을 먹는 백 차장 쪽 조명 어두워진다.
권 대리 쪽 조명 비치면 지하실에 있는 권 대리.
지하실 바닥과 천장 구석구석은 시계 그림. 실제 시계는 몇
개만 바닥에 널브러져 있다.
음향은 시계 소리 강하고 혼란스럽게.
이쪽저쪽 전부 째깍째깍. 똑딱똑딱. 댕댕. 통일성 없는 시계
소리.

권 대리   (두리번거리며) 화장실이 어디예요? 과장님이 손을
         안 잡아줬으면 계단에서 구를 뻔했어요.

김 과장   여기예요.

권 대리   (주위를 살펴보며) 화장실이 이렇게 넓어요? 좌변기
         도 없잖아요. 지하실 같은데요.
         (옆에 있는 벽으로 고개를 돌린다.) 어? 김 과장님, 이건
         백 차장님이 잃어버렸던 시계잖아요. 어? 이건 재
         경부 최 대리 시계네. 이건 박 대리가 100일 날 커
         플로 맞췄다는 D&G 시계고. 엇! (발견한 기쁨에 들뜬
         목소리) 제가 잃어버렸던 폴 프랭크 시계예요. 이거
         홍보팀 미스 리한테 받은 건데. 예전에 잠시 만났었
         죠. 하하. 드디어 찾았다. (주저앉아 자신의 시계를 만

진다.) 이거 제가 얼마나 아끼던 시계였는데요. 미스 리랑 상관없이 시계가 너무 예쁘지 않아요? 비행기가 똑딱똑딱 시간을 향해 달려가잖아요. 앙증맞죠? 하하, 과장님 너무하세요. 사람들이 시계가 없어져서 얼마나 놀라고 당황했는지 아나요. 정말 과장님 집에 오길 잘했어요. 하하. (고개를 들고 천장을 쳐다본다. 천장과 벽에도 온통 시계가 가득 차 있다.) 우와. 우와. 여긴 온통……벽에도 온통.

뒤에서 야구방망이를 들고 오는 김 과장, 권 대리의 머리를 쳐서 기절시킨다.
조명 꺼지고 식탁 쪽 조명 밝아진다.
묵묵히 미역국을 먹고 있는 백 차장.
김 과장, 우두커니 서 있다.

백 차장　왜 이렇게 늦었나. 쇠고기가 좀 질겨. 몇 시간째 미역국만 퍼먹고 있는지 모르겠어. 미역이 불어서 내장에 가득 찬 것 같군.

김 과장　미안해요. 다음엔 좀 더 연한 쇠고기로 사 올게요.

백 차장　자네 집에 또 올 일이 있을지 모르겠네.

김 과장　왜요?

백 차장　미안한 말이지만 기분이 안 좋아.

김 과장　……

백 차장	좀, 뭐랄까 숨이 잘 쉬어지지가 않네.
	공기가 답답해.
김 과장	환기를 시켜드려요?
백 차장	그런 게 아니야. 환기시켜서 될 것이 아니라. 흠.
	시끄러워. 아무도 없는데 무수히 많은 사람들이 있
	는 것 같아. 수백 개의 시계가 똑딱거리는 소리도
	들리는 것 같고. 비유가 적절한지 모르겠네.
김 과장	하. 정확해요. 수백 개의 시계가 이 집에 있어요.
	역시 고속 승진하신 이유가 있군요.
백 차장	뭐?
김 과장	수백 개의 시계가 이 집 구석구석에 있어요. 쉴 새
	없이 조잘거리죠.
백 차장	하. 자네 농담은.
김 과장	그들은 서로서로 계급도 있죠. 힘센 놈이 꽉꽉.
	약한 놈을 밟아요. 소리도 내지르지 못하게 밟고 올
	라서죠. 스스로 죽음을 택하는 시계도 가끔. 아니,
	자주 나오죠. 꼴깍. 그런 놈들은 건전지를 넣어도
	소용없어요. 힘센 놈들은 약한 놈들의 초침, 분침까
	지 **쫙쫙** 다 빨아먹고 더욱 소리가 커지죠. 귀가 찢
	어질 만큼요.
	아악! (귀를 붙잡고 뒹구는 김 과장. 어이없이 쳐다보는 백
	차장. 김 과장 다시 의연하게 선 다음 허리를 구부려 백 차장

에게 귓속말한다.) 그런데, 세상에. 그 살벌한 곳에서
도 연애질을 해요. 애를 까질러야 똑딱거리는 소리
가 안 멈추니까요.

농담이 아니에요. 얼마 전에는 벽시계와 새끈한 알
람 시계가 대화를 나누는 바람에 손목시계가 기분
이 나빠졌어요. 왜소한 손목시계는 늘 버림받거든
요. 어디서나 똑같죠. 사회에서나 연애에서나. 무
조건 힘이 세야 해요.

개 사료라도 먹고 몸을 키워야죠. 회사에서는 개 사
료를 사장님이 주죠. 몸집을 퉁퉁 불리라고. 사랑할
땐 그렇게 불린 것을 몽땅 뱉어내야죠. 그래야 결혼
을 하죠. 손목시계도 그랬었죠. 그래서 화가 났어
요. 다 뺏겼거든요. 말라비틀어진 그는 흥분했죠.
(씹듯이 내뱉는) 망할 년. 내가 그렇게 잘해줬는데 어
떻게 이럴 수가 있지. 다 박살 내버리겠어.

(다시 원래 목소리로) 원래 여자들은 힘센 남자를 좋아
하는 법이죠. 괘종시계같이 우람하고, 댕댕댕 큰 소
리를 내는 놈들 말이에요. 남의 것을 몽땅 빨아먹은
덩치 큰 놈들이요.

뭐, 하여튼 전 시계가 너무 좋아요. 시계는 영원히
조잘대죠. 그런데 (격양된 목소리로) 얼마 전에 뻐꾸
기시계를 박살 내버렸어요. 똑딱똑딱하지 않고 뻐

꾸기를 날리잖아요. 씨팔. 지가 무슨 새라고. 휴. (손바닥을 펼쳐 보인다.) 여기 생명선 보이죠? 그래서 여기가 찢긴 거예요. 생명선이 찢겨도 전 오래 살겠죠? 길게 길게. 시계처럼. 죽지도 않고. 영원히 꿈 속에서 살 수 있겠죠.

백 차장　(놀라운 듯) 자네. 몰랐는데…….

김 과장　몰랐는데. 뭐요?

백 차장　……아주 동심이 가득한 사람일세.

김 과장　그런가요?

백 차장　자네 동화 작가 지망생이었나.

김 과장　(쑥스러운 듯) 뭐 그런 건 아니지만.

백 차장　기발한 상상력이야. (박수를 짝짝 친다.) 시계의 계급 과 삼각관계. 아주 좋아. 아주.

김 과장　과찬이세요.

백 차장　그런데, 난 이만 가면 안 되겠는가. 뒷목이 뻐근해.

김 과장　그 친구들을 다 만나보고 싶지 않으세요?

백 차장　다음에 보겠네. 보고서 제출할 것도 있고.

김 과장　아니에요. 지금 보셔야 해요. 자랑하고 싶네요.

백 차장　어깨도 결리는 것 같고. 권 대리 데리고 이만 집에 가고 싶네.
　　　　……권 대리 왜 이렇게 안 오는 건가?

김 과장　변비겠죠.

백 차장   그렇지. 치질도 있는 것 같았어. 매일 자리에 앉아 있으니 그렇지. 직장 생활은 고달픈 법이야. 하지만 밑이 다 헐겠군. 도대체 얼마나 지난 거야? (벽에 걸린 시계를 쳐다본다.) 30분은 된 것 같네. 그런데 시계 색깔이 왜 저런가. 꼭 사람 살점같이 물렁물렁해 보이는군.

김 과장   연한 아이의 살로 만들어서 그래요. 그 살로 가죽을 만들고 시침과 분침과 초침을 꽂았어요. 영원히 살아 있을 거예요. 영원히 살아서 응애응애. 그때 그 시간 그대로 응애응애.

백 차장   그만하게. 권 대리 좀 불러와. 제발. 내 시계도 가져오고.

김 과장   30분 가지고 뭘 그러세요. 아마 지금쯤 깨어나서 새로운 친구들을 사귀느라 정신이 없을걸요.

백 차장   깨어나? 새로운 친구들? 우리 말고 또 누가 있나?

김 과장   그럼요. 특별히 제가 시계 친구들을 넣어두었어요. 그 친구들로는 집이 좀 허전했는데 차장님과 권 대리 덕분에 집이 꽉 찬 기분이에요.

백 차장   (귀찮은 목소리로) 아……자네는 동심이 가득한 사람이지. 하여튼 벽시계 양과 손목시계 군의 이야기는 다음에 듣도록 하지.

           (단호한 목소리로) 그리고 제. 발. 내. 시. 계. 가. 져.

와. 우리가 이 집에 왜 온지 모르지는 않겠지. 사람들이 전부 아우성이야. 우리는 시계가 없으면 한시도 살지 못해. 알잖는가. 회사 사람들 시계를 돌려주게. 다들 귀한 시계야.

김 과장　(피식 웃는다.) 귀한 시간인가 보죠?

백 차장　자네 끝까지 시치미 뗄 건가. 회사 사람들이 다 알아. 자네 도벽은. 조심하게. 위에서도 자네를 주시하고 있어. 여긴 좋은 회사야. 다시 들어오기 힘들 걸세. 도대체 자네 왜 이렇게 되었나. 말이 나왔으니 말일세. 얼마 전에 경영전략에 관한 브리핑도……나 참, 말을 안 해서 그렇지. 그게 어떻게 보고서인가. 무슨 삼류 시도 아니고. 영원히 죽지 않는 시간? 뭔가. 도대체. 그때부터 솔직히 알아봤네. 자네 정신 좀 나갔어. 왜 이렇게 되었나. 상부에서 알아보라는 지시도 있고 해서 왔는데.

　　　　　(고개를 절레절레 흔든다.) 자네……안 되겠네. 참 똑똑했는데.

김 과장　다들……시간이 그렇게 중요한가요?

백 차장　그럼. 특히 내 시계는 정밀 가공된 거야. 1년 내내 눈만 내리는 곳에서 만들어진 귀한 시계야. 한정 수량. 세계에 200개밖에 없어.

김 과장　그렇다면 시간이 똑딱거릴 때마다 눈 내리는 소리가 나겠군요. 사락사락. 더욱 탐이 나는 걸요.

백 차장   자네. 지금 무슨 소릴 하는 건가.

김 과장   죄송하지만 시간은 못 돌려드려요. 시간들은 똑딱
거리는 소리가 하나만 줄어들어도 불안해요. 절
원망할 거예요. (갑자기 새된 목소리, 빠르다.) 왜 쟤를
데려가는 거야? 어제도 벽시계 하나는 배가 고파
느릿느릿 죽어갔어. 제발 멈추지 않게 해.

백 차장   (귀를 틀어막고 소리 지른다.) 그만! 그만! 그만해.
(머리칼이 다 엉클어져 있다.) 자네 구연동화인지 뭔지
도저히 못 들어주겠네. 이 집에서 빨리 벗어나고 싶
어. 어딘가. 시계 있는 곳이. 내가 가지고 오겠네.
원망은 내가 다 듣지.

김 과장   (다시 원래 목소리로) 휴. 할 수 없군요. 절 따라오세요.

암전.
백 차장, 비명소리 들린다. 곧이어 쿵 문 닫히는 소리.
철커덕 열쇠 잠기는 소리.
무대 켜지면 권 대리 옆에 쓰러져 있는 백 차장.

권 대리   차장님. 괜찮으세요?

백 차장   여기가 어디야. 도대체. 악. 헉. 헉. 저 개자식이 계
단에서 밀어버렸어. 복사뼈가 아작 난 것 같아.

권 대리   정신 차리세요. 여기요. (손목시계를 내민다.)

백 차장	어? 내 시계구만. 여기 내 시계가 있었어. 역시. 빛이 나. 나는 이 시계를 보면 꼭 설원에 서 있는 것 같아. (시계에 도취되어 이리저리 살펴본다.) 흠집 난 곳은 없군. 그런데……(권 대리를 쳐다본다.) 자네 이마에 피가 묻어 있어.
권 대리	괜찮아요. 김 과장이 단단한 것으로 갈겼어요. 뒤통수를 갈겼는데 피는 이마에서 나네요. 하하.
백 차장	하긴. 속에서 터지는 것보다는 밖으로 흐르는 게 낫지. 그나저나 여긴 무슨 (둘러보며) 엄청난 시계 가게 같군.
권 대리	(약간 들뜬 목소리로) 그렇죠? 다 있어요. 보세요. (여러 가지 시계를 들어 보인다.)
백 차장	(벽시계 하나를 들고 먼지를 후후 불며) 촌스런 회사 벽시계도 있군. 창립 50주년. 더럽게도 오래 버텼어. 도대체 웬 시계가 이렇게도 많아.
권 대리	시계 수집벽이 있나 봐요. 김 과장 제대로 또라이에요. 직장 생활은 어떻게 했을까요?
백 차장	뭐……요즘 또라이 아닌 사람 없긴 하지.
권 대리	제 머리 터진 걸 보고도 그런 말이 나와요? 하지만 곧 나갈 수 있을 거예요.
백 차장	자네 예감은 늘 빗나가지.

멀리서 들려오는 김 과장 목소리.

김 과장(e) 차장님, 괜찮나요? 죄송해요. 곧 아물 거예요. 뼈
도 살도 살아 있는 동안은. 그래도 권 대리가 있으
니 외롭지는 않을 거예요. 저도 오랜만에 외롭지 않
네요.

권 대리 (다급하다.) 과장님, 과장님! 제발 내보내 주세요.
과장님이 시계 훔쳐 갔다는 말 하지 않을게요.

김 과장(e) 계속 얘기를 나누세요. 시계들이 아우성을 쳐요. 고
맙다고. 백 차장님과 권 대리도 사이좋게 지내요.
싸우지 말고. 저희 집에 와주셔서 너무 감사해요.

백 차장 자네. 왜 이러는가. 도대체 이러는 이유가 뭐야?
나가면 가만두지 않겠네.

김 과장(e) 사방이 단단한 벽이에요. 오래도록 공들여 지은 집
이죠. 세월이 흘러요. 계속…….
우리는 다 같이 사이좋게 썩을 거예요. 제 아내도
잘 썩고 있어요. 차장님도, 권 대리도, 나도 조금씩
썩어갈 거예요. 썩지 않는 것은 시계 소리밖에 없어
요. 영원히 변하지 않죠. 똑딱똑딱. 오늘도 내일도
똑딱똑딱. 영원을 원하신다면 말씀하세요. 언제든
시계로 만들어 드리겠어요.

백 차장 이보게, 김 과장. 이러지 말게. 다 없던 일로 하겠
네. 좋게 보고하겠어. 내 약속하지.

권 대리 그래요. 과장님. 이러시면 안 돼요. 저 빽 좋잖아

요. 절대 안 잘리게 해볼게요.

백 차장과 권 대리, 문에 귀를 대보지만 아무 대답 없다.
둘은 황당한 얼굴로 서로를 쳐다본다.
무대 암전. 무대 켜지면 눈이 퀭한 권 대리와 백 차장. 힘이
없어 목소리 느릿느릿하다. 무대에서는 시계 소리만 난다.

백 차장   며칠째지?

권 대리   (벽시계를 껴안고 있다.) 글쎄요 ……. 여기 어딘가에
         표시해 놨는데…….
         잠시만요. 무슨 소리 안 들려요?

백 차장   무슨 소리?

권 대리   삐걱거리는 소리요. 바이올린 소리도 낮게 들려요.

백 차장   뭐야. 인마. 정신 차려.

권 대리   계속 들려요. 식탁이 삐걱거리는 소리, 바이올린 소리.

백 차장   입 좀 닥쳐.

권 대리   (가만히 귀 기울이다가 훌쩍인다.) 흑흑. 진한 에스프레
         소도 한 잔 먹고 싶고 미스 김도 보고 싶어요.

백 차장   너 그 여자랑 사귀었어? 미스 리랑은 완전 정리했고?

권 대리   완전 정리했죠. 미스 김은 차장님이 식사 자리 마련
         해 준다고 했잖아요.

백 차장   난 잤는데.

권 대리   (화난 목소리로) 뭐요?

백 차장	농담이야. 농담. (신경질 내며) 도대체 며칠째냐고?
권 대리	잠시만요. 아, 여기있네요. 72시간이 지났으니까 3일이 넘어가네요. 시계가 한 바퀴 돌 때마다 벽에 표시해 놨어요.
백 차장	로빈슨 크루소 같군. 근처에 나무 열매는 없니.
권 대리	곧 나갈 수 있겠죠? 목이 말라요.
백 차장	오줌이라도 받아 마셔.
권 대리	미쳤어요? 더럽게 …… 흑. 삐걱거리는 소리가 들려요. 자꾸 떠올라요. 삐걱거리는 식탁에서 밥 먹던 그날이요. 너무 무서워요. 바이올린 소리도 계속 들려요. 그런데 참 이상해요. 바이올린 소리만 들리면 시계 소리가 멈추는 것 같아요.

서로 등 돌리며 무대 암전. 다시 밝아지면 더럽혀진 와이셔츠와 퀭한 얼굴로 누워 있는 두 사람.

백 차장	며칠째지?
권 대리	모르겠어요. 표시할 힘도 없어요. 1년은 된 것 같아요. 소변 마렵지 않으세요?
백 차장	마신 게 있어야 소변이 마렵지. 도대체 며칠짼지 ……일주일은 넘은 것 같은데.
권 대리	목말라 죽겠어요. 오줌 좀 주세요. 제발.
백 차장	내가 먹을 오줌도 없어. 비겁하게 자네가 싼 건 자

네가 다 먹고, 내 것까지 탐내는 건가?

권 대리   죄송해요. 우리⋯⋯나갈 수 있겠죠.

백 차장   자네 예감은 빗나간다고 했잖아.

권 대리   똑딱거리는 시계 소리. 미쳐버릴 것 같아요.

백 차장   벽장 위의 시계들은 멈출 수가 없어. 사다리도 없어.

권 대리   계속 이렇게 시계 소리 들으면서 갇혀 있어야 하는
         건가요?

백 차장   어쩔 수가 없잖아.

권 대리   미칠 것 같아요.

백 차장   조용히 좀 해. 숨이 턱턱 막혀.

권 대리   조용히 하면 시계 소리가 더 크게 들려요. 잠시만
         요. 바이올린 소리가 들려요.

백 차장   (체념한 듯) 그런가.

권 대리   낮고 집요해요. 계속 들려요. 바이올린 소리가 들리
         니까 시계가 서서히 멈추네요. 살아 있는 놈들 같아
         요. 김 과장은⋯⋯우리를 왜 가둔 걸까요?

백 차장   ⋯⋯외로워서?

권 대리   왜 하필 우리를?

백 차장   교통사고 당한 사람도 그런 말을 하겠지. 왜 하필
         나야.

권 대리   전 아직 장가도 못 갔어요.

백 차장   (권 대리의 등을 두드리며) 기다려 봐. 혹시 알아. 미스

박이 잡혀 올지.

권 대리   이 상황에서 농담이 나와요? 그리고 미스 김이에요.

백 차장   긴장을 풀어. 어차피 이렇게 된 거. 이제 심장이 천
천히 뛰는 것 같아. 가만히 누워 있으면 말이야. 김
과장의 보고서가 생각나. 영원히 죽지 않는 시간……
……그래, 시간은 영원히 죽지 않아. 김 과장이 이런
다고 해서 시간이 멈추지는 않지……. 권 대리는 영
원에 대해서 생각해 본 적 있나.

권 대리   몰라요. 아주 시를 쓰세요. 전 나갈 거예요. 주식도
봐야 하고. 이미 팔 시기가 지났을 거예요. 흑. 미
스 김은 다른 놈한테 간 게 아닐까요. 수시로 선물
을 줘야 하는데. 미스 김 눈은 너무 예뻐서 다른 놈
들이 호시탐탐 노린단 말이에요.

백 차장   휴……점점 숨쉬기가 힘들어.

권 대리   무섭게 왜 그래요?

백 차장   (조금씩 호흡이 가빠진다.) 내가……회사에 몸담은 지
18년이야. 어감도 더럽군. 씹할년이라. 지긋지긋
했어. 뭔가 새로운 일이 벌어지길 바랐어……이런
식은 아니지만…… 영원히 죽지…않을 것 같았어.
이 시계들처럼.

권 대리   (겁에 질린 목소리로) 도대체 무슨 이야기를 하는 거예요?

백 차장   복사뼈가 너무 아프군. 젠장. 점점 감각이 없어져

……뭐 이런 식으로 죽는 거 나쁘지 않아. 회사 서
류 더미에 묻혀서 질식사하는 것보다는 낫잖아?
팔다리가 다 잘린 분재처럼 놓여 있는 기분이었는
데. 시계도 찾았고. 출근 시간마다 달려오는 지하철
에 머리통이 날아가는 상상도 했었는데……이…정
도…면 깨끗…하게 죽는… 거…지 뭐.

권 대리   왜 그렇게 말을 많이 하는 거예요? 그러니까 힘이
없어지잖아요. 정신 차려요 ……차장님 ……(더러
운 소맷귀로 눈물을 닦으며 엉엉 운다.) 무서워 죽겠어
요. 무서워.

권 대리, 손으로 코를 팽 풀고 사방의 벽을 마구 두드린다.
바이올린 소리 계속 들린다. 벽을 두드릴수록 더욱 집요해지
고 커지는 바이올린 소리.
결국 귀를 막고 바닥에 뒹구는 권 대리. 탈진한 듯 널브러져
서 계속 통곡한다.
누워 있는 백 차장, 느릿느릿 말한다.

백 차장   울지 좀 마. 시끄러워서 죽을 수도 없잖아.
권 대리   (기뻐하며 백 차장 품에 안긴다.) 여기서 살아 나가면 진
짜 열심히 일할게요. 근무 시간에 주식도 안 보구
요. 인터넷에 댓글 다느라고 한나절 보내지도 않을
게요. 제발 죽지만 마세요.

백 차장   알았어. 조용히 좀 해…….

권 대리   네. 조용히 할게요. 합죽이처럼. 합.

백 차장   그런데 말이야……정말 소리가 들려.

권 대리   무슨 소리요?

백 차장   바이올린 소리……말이야. 조금씩 크게 들리는 것
           같아. 정말 시계들이 서서히 멈추는군. 김…과장은
           ……뭘 하고…있을까……. (고개 숙이며 옆으로 쓰러
           진다.)

권 대리   **차장님. 차장님. 안 돼요. 안 돼.** (소리 지르며 벽을 두드
           린다.) **과장님. 과장님. 과장님. 김 과장! 김 과장!**
           야이 개자식아. 야이 개자식……**망할 놈의 자식**…
           …… (아이처럼 운다.) **내보내 줘. 내보내 달라고!**

    무대 암전. 켜지면 식탁이다.

    식탁 맞은편에는 바이올린이 있다. 바이올린 대신 성장(盛
    裝)을 하고 바이올린을 켜는 여자가 서 있어도 괜찮다. 여자
    는 김 과장에게만 보이는 환영이다.

    식탁 위에는 약통과 물컵이 있다. 방금 전에 약을 삼킨 듯
    하다.

김 과장   누가 문을 두드리는군. 이 집은 꽉 차서 더 이상 손
           님을 받을 수 없는데. 정말 시끄러워. 계속 두드리
           는군. 소음은 딱 질색인데.

김 과장, 바이올린이 놓인 의자를 끌어당겨 바이올린을 계속 쓰다듬는다.

김 과장   당신 바이올린 소리는 언제 들어도 아름다워 ……
당신의 드레스도 …… 바이올린 소리도 …… 그리고
이 집의 손님들도 …… 이 순간을 그대로 박제해 놓
고 싶어. 시계 소리 들리지? 영원의 소리. 벽에 걸
린 아이가 울어. 분유가 다 떨어진 것 같아. 시계 소
리가 계속 들리는군. 저 속에서 영원히. (눈을 감고
고개를 뒤로 젖힌다.) 조금씩 조금씩 시계 소리가 줄어
드는군 …… 내려가 봐야 하는데 …… 몸이 말을 듣
지 않아. 눈앞이 온통 뿌옇군 …… . 얼마 전에는 새
로운 친구 둘을 데리고 왔어 …… 당신도 만나면 좋
아할 걸. 직장 동료인데 …… 지금쯤 살이 바싹 건
조해졌겠지. 그들에게 물어봐야겠어. 영원을 원하
는지 …… 그런데 …… 몸이 …… 움직이지 않아 ……
…… 젠장.

조금씩 바닥으로 숙여지는 김 과장의 고개.
시계 똑딱거리는 소리와 바이올린 소리 점점 커지며 막이
내린다.

* 막

열쇠 없는 집

등장인물

여자 : 노파의 며느리, 절름발이.

노파

노인 : 말더듬이. 술에 취하면 말을 더듬지 않는다.

영철 : 노파의 아들이자 여자의 남편.

손님

사장

무대

늦처럼 어둡고 축축한 분위기의 낡은 이층집. 1층에서 2층으로 올라가는 난간에는 예전에 식물을 키웠던 흔적이 여기저기 보인다. 노끈이 군데군데 묶여 있는데 얼기설기 엮인 줄들이 거대한 거미줄처럼 보인다. 2층은 비어 있는 창고였으나 후에 노인을 가두는 곳이 된다. 가족은 전부 1층에 산다. 1층은 반쯤 파묻혀 있고 작은 거실과 방이 있다. 여자가 일하는 귀 청소 가게*는 집과 대조적으로 아름답고 화려한 공간이다.

---

* 이곳은 일본의 '미미카키텐'이라는 귀 청소 가게의 인테리어를 참고로 해도 좋다.

1장

철창 안에 노인이 엎드려 있다.

피곤한 표정, 심술궂은 표정, 불쌍한 표정을 차례대로 짓는
다. 너무 심심해 표정으로 노는 모양새다.

노파, 철창 옆에 놓인 옷걸이로 노인을 한번 쑤셔본다.

별 반응 없는 노인, 힐끔 노파를 쳐다본다.

노파   늙어서 냄새가 난다. 더럽고 흉측한 냄새. 온몸에
배어 있어. 투견장에서도 쓸모없는 놈이지. 발라 먹
을 살도 없이 ……마르고 마른 몸. 버짐이 잔뜩 피
었다. 널 언젠가는 죽여야 할 텐데. 나도 힘이 없
고, 너도 이가 다 빠졌구나. 예전에 너는 정말 멋졌
지. 과거는 늘 멋져. 누구든. 안 그래? 너는 요셉이
라는 개와 싸우며 콧잔등을 미친 듯 물었지. 코너에
몰려서 고통에 몸부림치던 요셉. 검고 붉은 피가 한
가득이었다. 너에게 걸었던 인간들은 몇 안 되지.
아들놈이랑 그 돈을 쓸어왔을 때. 휴- 그때의 기분
이란. 멋졌다. 멋졌어.

여자	어머니, 그건 예전에 죽은 베드로 이야기잖아요. (눈짓으로 노인을 가리키며) 저건 베드로가 아니에요. 귀여운 베드로. 솥에 삶겼지요.

여자, 빨간 하이힐을 벗는다. 한쪽 신발은 굽이 없다.
여자, 농염한 몸짓으로 옷을 갈아입는다. 색기가 흐르는 몸짓. 순진하기도 한 양면적인 느낌이다.

노파	시간이 늦었구나. 도대체 몇 시에 오는 거냐. 새벽 두 시다. 무서운 세상이다.
여자	사장 아시잖아요. 사사건건 말 붙이는. 휴, 지겨워. 사내들이란 그저. (품에서 면도칼을 내보이며) 늘 지니고 다니니 걱정 마세요. 이제 제가 볼게요. 내려가세요.
노파	(무뚝뚝하게) 됐다. (여자의 신발을 힐끗 보고) 꼭 하이힐을 잘라 신어야겠냐.
여자	저는 하이힐이 좋아요.
노파	절뚝거리면서 그 뻘건 게 뭐가 좋아.
여자	이걸 신으면 춤을 추고 싶어요. 동화 속 여자처럼요.
노파	결국 발목이 잘리잖아.
여자	그래도 잘리기 전에는 신나게 춤을 추잖아요.
노파	그래. 넌 춤을 참 잘 췄다. 아주 예뻤지. 아들놈도 네 춤에 반했다고 하더구나.

여자   (웃는다.) 잘 나갔죠.

노파   (농담조로) 그래. 아들놈 버는 돈에, 네가 버는 돈에
        아주 펑펑 썼던 것 같다.

여자   그 정도는 아니고요.

노파   그런데 왜 올라와서 신발을 빗는 거야. 1층에 벗어
        둘 것이지.

여자   누가 가져갈까 봐요. 마지막 남은 하이힐이니까요.

노파   저 개가 물어뜯으면 어쩌려고.

여자   그럴 리가요. 가뒀잖아요.

        노파, 여자에게 담배를 갖다 댄다.
        불을 붙여주는 여자.
        노파, 한 모금 내뱉는다.

여자   개가 짖네요.

        노파, 철창으로 다가가 일회용 옷걸이로 철창을 두드린다.
        그것으로 성이 풀리지 않는지 쇠막대를 가지고 와 마구 두드
        린다.
        노인, 침묵한다.

노파   저놈의 개새끼는 늘 짖는다. 짖는 것 말고는 하는
        게 없지.

여자	(피식 웃으며) 왜요?
	요셉을 짓밟을 때도 용맹했잖아요.
노파	그렇지. 용맹했지. (불쾌하게) 아주 개같이 용맹했지. 아아, 아니다. 그건 베드로 이야기잖아. 날 놀리지 마라. 가끔, 아니 자주 저 인간과 베드로가 헷갈린다. 베드로가 훨씬 낫지만.
여자	베드로……기억나세요?
노파	내가 노망이 들었냐. 베드로가 기억 안 나게. 저 영감이 술 처먹고 솥에 물을 끓였지.
여자	아주 펄펄이요.
노파	그래. 아주 펄펄. 그리고 자고 있던 베드로를 그 솥 안에 (탄식하며) 아아……(몸서리친다.)
여자	솥 안에서 필사적으로 뛰쳐나오던 베드로가 잊히지 않아요.
노파	끔찍하고 슬프다.
여자	슬픈 일이죠.
노파	온몸이 다 익어서 소리 한번 못 지르고 죽어갔지. 영철이가 저렇게 된 뒤로는 산책 한 번 못 다니고, 싸움할 때만 철창에서 풀려났었지. 가여운 베드로. 우리를 먹여 살렸지.

노파, 베드로를 추억하듯 잠시 상념에 잠긴다.

그러다 화가 나서 철창을 몇 번 두드린다.

노인, 고개를 들고 으르렁거리다 피곤한 표정으로 엎드린다.

여자 어머니, 전 이제 쉬어야겠어요. 샤워도 해야겠고.
      머스크 향이 나는 비누를 사놓으셨나요? 고객들이
      좋아한대요.

노파 그건 진작에 샀다. 시내를 샅샅이 뒤졌지. 그런데
      어디에서 쉰단 말이야.

여자 제 침대요. 어디겠어요.

노파 그 침대는 치웠다.

여자 왜죠?

노파 너무 낡았어. 삐걱거려. 삐걱거리는 소리가 너무 거
      슬린다.

여자 저 혼자 자는데 왜 삐걱거려요?

노파 모르겠다. 내 귀에는 삐걱거리는 소리가 들려.

여자 환청이에요.

노파 그런가.

여자 참. 어머니, 못 보셨어요?

노파 뭘 말이냐.

여자 고양이요.

노파 아, 그 검은 고양이?

여자 네. 얼마 전 비 오는 날 제가 주워 왔던 그 고양이요.

노파	2층 난간에 수세미 키운다고 내가 예전에 줄을 얼기설기 엮어놨잖냐. 빛 한 점 없이 다 말라버렸지만.
여자	네.
노파	그 줄에 묶여서 죽어 있더라. 2층 난간에 대롱대롱 매달렸더구나.
여자	(약간 절망하며) 또 죽은 건가요.
노파	그래. 또 죽었다. 텃밭에 묻었어. 좋은 거름이 될게다.
여자	이제 길 잃은 고양이는 더 이상 주워 오지 않을게요.
노파	그래라. 정신 사나워…….
여자	주무세요.
노파	그래. 푹 자라.

노파, 코를 골기 시작한다.
여자, 1층으로 내려가 몸단장을 하고 밖으로 나간다.
가로등 아래 기다리는 사장.

사장	늦었네.
여자	미안해요. 어머니가 늦게 주무시는 바람에. 무슨 일이죠?
사장	다른 게 아니라 그때 그 일, 이해해 줄 수 있어?
여자	무슨 일요?
사장	알잖아.
여자	모르겠는데요.

사장	흠. 머스크 향이군. 난 이 향이 좋아. 정말 바꿨군. 고객들도 좋아해야 할 텐데. 하여튼 그 일, 잊어주면 좋겠어. 술김에 그만.
여자	상관없어요. 술김에 다 그렇죠.
사장	(반색하며) 고마워. 그런데 말야.
여자	……
사장	(담배를 바닥에 비벼 끄며) 매출이 좋지 않아. 귀 청소 가게는 너무 많아. 뭔가 경쟁력이 필요하단 말이지. 차별화.
	(여자의 허벅지를 바라보며) 군살이 많이 붙었어.
	(허벅지를 꼬집는다.)
여자	아얏!
사장	이거 원 돼지가 따로 없군.
여자	……
사장	사람들은 당신에게서 휴식을 찾아. 당신에게 귀를 맡기면서 어머니 무릎에 누운 안락함을 맛보지.
	(여자의 허벅지를 움켜쥐며) 이건 고기를 연상하게 해. 퉁퉁한 허벅지. 순간 비위가 상한단 말이지. 물컹물 컹한 살의 감촉. 힐링이고 나발이고 없어. 섹스만 생각나지.
여자	왜요? 퉁퉁한 허벅지를 가진 어머니들도 많아요.
사장	우리 고객의 평균 연령은 3~40대야. 그들의 어머니

	는 6~70대일거고. 고생을 많이 하신 분들이지. 말라비틀어진 나무 같은 모습들이야.
여자	저번에는 말랐다 해서 살을 찌우기 위해 밤마다 먹어댔어요. 이번에는 너무 쪘다 이건가요? 그때, 그 일 잘 기억하고 있어요.
사장	(멈칫하며 목소리 부드러워진다.) 뭐든 중도가 중요해. 중도! 중도! 적당히 하란 말이지. 적당히 찌우란 말이야.
여자	그 일, 용서 안 할 수도 있어요.
사장	……
여자	자르고 싶으시면 말씀하세요. 자꾸 들러서 잔소리 마시고요.
사장	아……또 왜 이러셔. 오해 말라고. 더 열심히 하라는 의미에서 지나가다 들렀을 뿐이야……. 당신은 단골손님도 있잖아. 자를 리가 있겠어? 손님들을 더욱 힐링하게 해줘. 반고리관이 저릿해지도록 말이야. 요즘 대세는 힐링이야.
	이 가게를 창업할 때 내가 한 말 기억나?
여자	네. 너무 많이 들었어요. 어머니의 무릎을 베고 편안하게 귀를 파는 느낌. 순식간에 동심의 나락으로……불면의 밤은 수면의 밤으로, 불안은 안락으로 바뀌게 되지. 대나무 귀이개로, 어머니의 손놀림으

로 제발 고객들을 편안하게 해줘. 부탁할게. 대출금 이자만 해도 어마어마해. 무려 10%가 넘어. 거기다 끌어 쓴 사채까지 ……사채는 50%가…….

사장　　그만! 거기까지. 건물주 알지? 도두만. 이름도 도둑놈 같아. 세를 더 올린대. 아가씨는 고작 세 명인데 노닥거리는 시간이 더 많아. 내가 어떡할까. 이 가게를 여느라 일본에 얼마나 들락날락했는지 알지. 벤치마킹하느라 비행기 티켓 값만 수천은 들었어. 귀 청소 가게들을 얼마나 들락거렸는지 귀가 다 해질 지경이야. 그렇게 겨우 열었더니 우후죽순 퇴폐 귀 청소 가게들이 열려. 란제리만 입고……골 때려. 우리 가게는 그들과는 달라. 알지? 좀 더 푸근하게. 좀 더 편안하게. 지상 낙원의 힐링을 손끝으로 전하란 말이야.

(전화벨 울리고 반갑게 전화를 받는다.)

응? 어. 우리 딸 어? 그래그래. 티니핑? 알았어. 알았어. 작은 요정을 깔별로 사다 주마.

사장, 손짓으로 여자를 가라고 한 뒤 퇴장하며 통화를 계속한다.
여자, 벤치에 앉아 다리를 주무른다.

여자　　엉덩이부터 발목까지 걸핏하면 저려서 움직일 수가

없어. (다리를 본다. 증오스럽게 내뱉는다.) **지겨워.**

여자, 노파가 있는 집으로 들어간다.
노파, 어두운 구석에 앉아 여자를 기다린다.

노파	**또 어딜 다녀온 게야?**
여자	**바람쐤어요.**
노파	**그놈의 바람. 차지 않던?**
여자	**잠시 나가실래요? 밤바람이 시원해요.**
노파	(2층을 가리키며) **아들놈 기저귀도 갈아야 하고 개놈 밥도 줘야 해.**
여자	**뭐 하러요. 먹으면 똥만 싼다고 그랬잖아요.**
노파	**그래도 죽어버리면 어쩌냐. 저번에는 너랑 여행 간 사이 물을 하도 안 줬더니 거품 물고 실신했잖아. 죽으면 묻어야 하고. 그럼 쉽게 들켜. 감옥에서 살긴 싫다.**
여자	**감옥이나 여기나요. 감옥에서는 밥 차릴 필요도 없어서 더 편하겠는데요.**
노파	**자유가 없어.**
여자	**여기도 없어요.**
노파	**너랑 실랑이하기 싫다.**
여자	(기저귀를 뺏으며) **이건 제가 할 게요.**
노파	**네 신랑이라 그거냐.**

여자	(2층의 한 곳을 가리키며) 밥이나 주세요.
노파	술이나 부어줄란다.
여자	저번처럼 난리 치면요.
노파	구경하지 뭐.
	세상에서 제일 재미있는 게 불구경, 싸움 구경, 저
	인간 발광하는 구경이지.
여자	전 보기 싫어요.
노파	그럼 여기 있어. 아들 보고 반성하라고 같이 뒀는데
	영 불안하다. 가봐야겠어.
여자	어머니도 적당히 하세요.
노파	그래, 조금만 놀고.

여자, 퇴장한다.

노파, 술을 챙겨 2층으로 올라간다.

술병을 꺼내 노인에게 흔들어 준다.

노인, 흥분해서 발정 난 개처럼 돌아다닌다.

노인, 술병을 가리킨다. 손을 발발 떨며 술병만 가리킨다.

노파	왜? 한 잔 줄까? 아예 병째로 줄까?

노파, 종이컵에 술을 따라 건네준다.

노인, 허겁지겁 마신다.

노인, 노파에게 다시 손 내민다.

노파	**왜? 또 줄까? 또?**

노인, 고개를 끄덕인다.

노파, 또 따른다.

노인, 또 마신다. 여러 번 반복.

노인, 철창을 두드린다. 취한 듯. 더 달라 아우성.

노파, 술을 노인의 발치에 쏟는다.

노인, 바닥을 핥다가 화가 나서 철창을 두드린다.

노파, 일회용 옷걸이를 길게 펴서 노인을 쑤신다.

이리저리 피하는 노인.

노파	**조용히 해. 이 개놈의 새끼야.**

노인, 소리 지른다. 으르렁거리며 술을 더 달라고 발악한다.

옷을 찢는다.

노파, 노인을 바라본다. 노인 앞에서 술을 따른다.

노인, 더 발광한다.

노파, 노래를 부른다.

노파	**옛날 옛적 미친놈의 영감탱이가 하나 살았는데, 자식도 잡아먹고 부인도 잡아먹고, 며느리까지 잡아먹고 개까지 잡아먹고……아주 저 혼자 잘났다고.**

잠옷을 입은 여자 등장한다.

여자	그만하세요. 외진 곳이지만 지나가는 사람이 들을 수도 있어요. 좋은 노래 없나요.
노파	그러냐. 그럴까……영철이 어릴 때 불러주던 노래를 불러주랴.
여자	좋죠.
노파	영철이는 이 노래만 들으면 늘 잠이 들었다. 유독 이 노래를 좋아했지.

(느리고 처연하게)

문지기 문지기 문 열어라

열쇠 없어 못 열겠네

어떤 대문에 들어갈까

동대문을 들어가

문지기 문지기 문 열어라

열쇠 없어 못 열겠네

어떤 대문에 들어갈까

서대문을 들어가

(생략도 무방–문지기 문지기 문 열어라 열쇠 없어 못 열겠네

어떤 대문에 들어갈까 남대문을 들어가

문지기 문지기 문 열어라 열쇠 없어 못 열겠네

어떤 대문에 들어갈까 북대문을 들어가)

문지기 문지기 문 열어라

덜컥덜컥 열려졌다

여자　　　……좋네요.

노파　　　영철이는 지금쯤 어느 문에 들어가 있을까.

여자　　　꽃이 만발한 어느 문이요.

노파　　　문을 열진 않겠지.

여자　　　아직은요.

노파　　　돌아올까.

여자　　　기다려 봐요.

노파　　　옛날엔 말이다.

여자　　　그이도 멀쩡했었죠.

노파　　　아니……내가 시집도 가기 전 말이다. 동무들과 골목 어귀에서 이 노래를 부르며 한참 놀 때였지. 그때를 생각하면 숨이 쉬어지는구나.

여자　　　그건 너무 옛날이에요.

노파　　　그러냐. 넌 언제 적을 생각했냐.

여자　　　시집온 첫날이요.

노파　　　아……그날?

2장

낡은 한복을 입은 노파.

옷고름으로 눈물을 찍어낸다.

노인, 노파를 본다.

잔칫상이 차려져 있다.

노인, 소주를 한 잔 들이켠다.

여자의 젖가슴을 힐끔 본다.

입 주위에 흐른 술을 닦아낸다.

여자   (노인의 시선을 눈치채지 못하고)

           어머니……이게 다 뭔가요.

           도미에 올려진 색색깔 고명하며, 음식들이 너무 정

           갈해요. 도와드리지도 못했는데…….

노파   첫날엔 원래 시에미가 음식을 차리는 법이야.

           너는 먹기만 하면 된다. 그릇 하나 씻을 필요 없어.

여자   어머니…….

노파   보다시피 우리 집은 별 볼 일이 없다. 너같이 어여

           쁜 애가 들어올 곳은 아니지. 네 흰 피부, 복숭아 같

은 두 뺨, 쭉 뻗은 다리는 이 집과 어울리지 않아.

노인, 노골적으로 여자의 다리를 힐끔거린다.
노파, 노인을 쳐다보며 더 크게 한숨을 쉰다.

노파   술만 안 먹으면 양반이다. 겁도 많지. 하지만 술만
       먹으면 미친놈 저리 가라야. 알지? 개싸움 시키는
       양반이다. 술 먹고 개싸움 나가면 백전백승이야. 그
       술기운에 우리가 먹고 산다. 술만 먹으면 말도 안
       더듬고 목소리도 커. 호인이지 호인.

여자   저기……어머니…….

노파   왜 그러냐?

여자   생선 한 점만 먹어도 되나요?

노파   (미안한 듯) 아이고, 이런 내 정신 좀 봐라.
       얼른 들어라. 시장할 건데. 그래, 신혼여행은 좋았냐.

여자, 먹느라 정신이 없다.
노파의 시선, 영철에게 간다.

영철   (냉소적으로) 네, 80년 된 호텔로 갔어요. 이름만 호
       텔이지. 여관방이었죠. 락스 냄새가 물씬 나는.
       (주먹을 쥐며) 이만한 바퀴가 여러 마리 있었지만 합
       방하는 데는 문제가 없었죠.

노파	합방이라······.
영철	네, 합방.
노파	(낄낄 웃는다.) 꼬물거리는 녀석을 빨리 품에 안고 싶구나. 말랑거리는 살. 고소한 입 냄새. 통통한 엉덩이. 생각만 해도 이 집에 봄꽃이 피는 것 같다. 얼마나 귀여울까. 가슴이 설렌다.
영철	기다리세요.
노파	그래. 그러자꾸나.
영철	베드로는요?
노파	아, 자고 있을 게다.
영철	여행 간 사이에 싸움이 있었나요?
노파	한 번.
노인	코······. 코를 물어뜯었어. 상대 녀석은 코 ··· 코가 사라졌다. 개 코가 사라져 버린 게야.
영철	(노인의 말을 무시하며) 베드로는 다치지 않았나요?
노인	다···리···를 약···간 절···절···룩···거리길래 부··· 부···목을 대···놨다.

영철, 다시 노인의 말을 무시한다.
노인, 표정이 잠시 심술 맞게 실룩거린다. 분노한 표정으로 입술을 씹는다.

노파	다리를 조금 전다.

영철	가서 보고 올게요.
노파	그래라.
노인	씨팔. 년놈들.
노파	뭐라고 했소?
노인	뭘.
노파	방금 욕하지 않았소.

노인, 어깨를 으쓱한다.
노파, 인상을 찌푸린다.
영철, 나간다.

노파	(여자에게) 끔찍하다. 베드로한테는
여자	베드로…… .
노파	같이 자랐지. 같이 먹고 놀고 뛰고 안고 잤다.
	베드로가 형이고 동생이었지.
여자	베드로…… .
노파	그래. 베드로.
	아들은 신부가 꿈이었다. 베드로를 처음 데려온 날
	도 아들은 성경책을 읽고 있었지. 그 모습을 베드로
	가 가만히 지켜보다가 아들과 눈이 마주쳤는데, 그
	사납던 투견의 새끼가 아들의 손등을 핥더구나. 그
	어미는 닥치는 대로 물어뜯는 잘나가는 투견이었는
	데……저 양반은 잘못 사 온 거라고. 쌍욕을 어찌

나 해대던지 …….

소주 세 병을 까고 베드로를 데리고 갔는데 해가 저
물 때쯤 그대로 다시 데려온 거야. 베드로는 피를
뚝뚝 흘리며 따라오는데 저 양반은 칼 하나를 들고
오더구나. 그날 번 돈으로 사 온 저 칼.

노파, 벽에 걸린 장검을 가리킨다.

노인   (칼을 가리키며) 날…날 비웃는 놈들을 베어버릴…
       칼…칼이야.

노파   조용히 좀 해요. 말하고 있잖아요.

노인   저…저 칼은 날…날… 비웃는… 나…날… 무…무…
       시…하…는 년놈들을…….

노파   됐고. 베드로 얘기나 새아기한테 해줘요. .

노인   (교과서를 읽듯이) 지…지보다… 덩…덩치가… 큰…
       놈… 다… 지보다 덩치가 큰 놈 불알을 다 뜯어버렸
       어. 내… 당장… 바…꿔…달라고 안… 그럼 이 소주
       병으로 니 대…대…갈통을 부…부숴버린다니까 주
       인 놈이 투…견장으로 가서 붙여주더군. 직접 보라
       고. 불…불…알이 뜯겨 피를 질질 흘…흘리…던…
       셰퍼…트 놈… 이름이 요셉이던가. 아주. 질질. 베
       드로? 그…그래. 영…철이가 베드로라 지었지.

베…베드로 이 녀석. 불알이 다 뜯겨 울부짖는 그놈을 계…계…속 물어뜯는데…지…지…몸의 세 배나 되는 그놈을 단…단…숨에 요…요절…냈어…….

상…상대…편에서 죽기 직전에 데려갔지. 베드로 원래 주인과 내가 돈을 다 쓸어왔어.

베드로, 어느새 영철의 옆에 와서 영철의 손등을 핥는다.

무대, 잠시 변한다.

베드로와 영철이 뛰어노는 장면, 아름다운 한때.

영철   (베드로를 껴안으며) 네 이름은 베드로. 용감한 베드로. 다음 세상에는 투견으로 태어나지 말거라. 나와 함께 성당 뒤뜰에서 나는 신부, 너는 문지기 하며 오래도록 행복하게 살자. 사람들은 나에게 고해성사. 나는 너에게 고해성사.

노파, 과거의 영철과 베드로 사이에 끼어들어 말한다.

노파   신부라니 ……가당키나 하냐. 이런 집구석에서.

노인   미…미친… 놈…….

노파   그래도 착하고 성실한 녀석이야. 걱정 끼칠 일은 안 할 게다. 걱정 끼칠 일은…….(노인을 힐끗 본다.)

노인   왜…왜… 날… 봐…….

노파   안 봤수다. (베드로를 쓰다듬으며) 우리 집은 요놈이
        먹여 살린다. 아주 용맹한 놈이야. 어떤 놈이라도
        베드로 앞에서는 꼼짝을 못 해.

        노인, 소주를 마신다.

노파   (눈짓으로 노인을 가리키며) 이 양반은 삶은 달걀 하나
        로 소주 한 병을 까. 반병에 달걀 반쪽. 또 반병에
        달걀 반쪽. 달걀 하나가 없어지면 서서히 미치지.
        달걀 두 개가 없어지면 피해야 한다. 어디로든 숨어
        야 해. 걸렸다가는 어떤 식으로든 끝장이야. 남한테
        는 벌벌 기지. 술이 안 들어가면 병신이야. 그놈의
        술. 뺏을 수도 없어. 기막히게 구해오거든. 정말 없
        으면 만들어서라도 먹을 양반이야. 베드로 원래 주
        인을 만났을 때도 딱 술이 깨버렸지. 베드로를 산
        뒤 그렇게 빌고 빌어 돈을 돌려달라고 했다는구나.
        (비웃으며) 눈물 없이 못 볼 정도로 빌었다는구나. 동
        네 사람들 말로는. 베드로 주인이 보여주겠다고 투
        견장에 함께 갔지.

        노파, 노인을 툭 친다.

노인   ?

| 노파 | 봐라. 취해가는 거야. 이럴 땐 잘 들리지도 않는다. |

노파, 노인의 술잔을 뺏는다.

| 노파 | 새아기도 들어왔는데 오늘은 그만해요. |

노인, 으르렁거린다.
노파, 술을 붓는다.

노파	오늘은 안 돼. 정말 오늘만큼은 그냥 넘어갑시다. 취하기 전에는 양반이야. 술 취하기 전엔 참 양반이지.
노인	(여자의 발목을 보며) 가…가늘어……. (일어선다.)
노파	(무심하게) 술 찾으러 가는 거야. 어떻게든 구해오지.

여자, 옷고름을 만진다.

노파	오는 길은 좀 늦었더구나.
영철	네. 나무 아래에서 잠시 쉬었어요.
노파	그 그늘도 없는 나무 말이냐.
영철	네.
여자	……
노파	이 마을 공터에 서 있는 천 년 된 주목. 죽은 나무지. 죽고 죽어 삐쩍 마른 나무. 베어버리지도 못하

고 그냥 그 자리에 서 있는 게야. 마을의 수호신이 었으니 베어버리지도 못하지. 흉물스러워. 시꺼먼 껍질에는 벌레 한 마리 살지 못해.

여자 그래도 나무가 있으면 그늘도 있겠지요. 날이 어두워 못 봤지만.

노파 그늘 같은 건 없어. 땡볕이 내리쬐면 그냥 땡볕이야. 개미마저 타버린다. (일어서 가는 노인의 뒷모습을 쳐다보며) 병신 중에 상병신이지.
꿈에서도 꽃 한 송이 못 피울 나무지.
이런 내 정신 좀 봐라. 무슨 얘길 이리 지껄이누. 얼른 건너가서 쉬어라.

여자, 영철 네.

여자와 영철, 방으로 건너온다.

여자 **뭔가 이상해.**

영철, 신경질적이다.

영철 뭐가.

여자 이 집.

영철 뭘 알고 싶은 건데.

여자	그냥……모든 걸. 어머니, 아버지, 당신……아버지는 좀 (남자 눈치 살피며) 이상하셔.
영철	그냥 살면 돼.
여자	눈빛도, 몸짓도, 좀 이상해.
영철	그만해. 술을 좋아하시는 것뿐이야.
여자	술…….
영철	그래……술, 술 좋아하는 남자 많잖아.
여자	그렇게 말하기엔 좀…….
영철	여보……그만해. (간절하다.) 난 눕고 싶어, 쉬고 싶다고. 너무 피곤해.
여자	당신은 또 왜 그래. 예민하게.
영철	이야기하고 싶지 않아.
	아무것도.
여자	앞으로 태어날 아기도?
영철	아기? (반색한다.)
여자	그래, 아기…….
영철	벌써 아기를 가졌어?
여자	그런 건 아니지만…….
영철	(심드렁하게) 가지면 얘기해!
여자	뭘?
영철	아기!
여자	당연히 얘기하지. 우리 아긴데.

영철	여보, 그만 자자. 우리 집보다 나을 게 없는 호텔이었어. 빌어먹을. 당신도 봤지. 그 바퀴, 정말 어마어마했어. 도망도 안 가고 느리게 느리게 걷는데……어찌나 징그러운지. 거기에 왜 버티고 있는 거야. 곧 죽을지 알면서……미련스럽기는……냅다 벽 틈이나 책상 틈이나……틈 많잖아. 그 틈 사이로 도망치면 될 것을……왜 그렇게 버티고 또 버티고…….
여자	결국 안 죽었잖아.
영철	하는 꼴이 하도 어이가 없어서……못 죽였지.
여자	살았으면 됐지 뭐. 그런데 바퀴 얘기 너무 오래 하는 거 아냐?
영철	더러워?
여자	좀…….
영철	사람이나 바퀴나.
여자	그래도…….
영철	그래. 그만 자야지. 너무 피곤하다. 쉬러 간 건지……뭔지 모르겠어.
여자	응.

영철, 여자를 안는다.
그때 밖에서 뭔가 부수는 소리가 들린다.

노파와 노인의 다투는 소리.

여자, 벌떡 일어난다.

영철, 여자를 잡는다.

영철   어디 가?

여자   소리 안 들려?

영철   신경 쓰지 마.

여자   어머니가 우셔.

영철   늘 그래.

여자   걱정 안 돼?

영철   나간다고 해결될 일이 아냐.

여자   그래도…….

영철   모른 척해주면 안 될까.

여자   여보…….

영철   ……

여자   괜찮아. 우리 부모님도 돌아가시기 전에 많이 싸우
       셨어. 그래도 자식이면 말려야지.

영철   보지 않는 게 좋을 거야.

여자   당신은 신부가 꿈이었다고 하지 않았어?

영철   그랬지.

여자   그런데 왜 이렇게 피하려고만 해. 구원해야지. 어머
       니, 아버지를.

영철   난 자신이 없어.

여자   뭐가?

영철   전부 …… 신부가 되면 이 집을 피할 수 있을 거라
         생각했어. 이 집은 피한다고 피해질 곳이 아니야.
         아주 멀리 가봤어. 아주 멀리 ……비행기를 14시간
         이나 타고 남아프리카 어떤 섬까지 가봤어. 그런데
         그곳에서도 나는 이 집과 함께였어. 축축하고 어두
         운 이곳. 온갖 벌레가 우글거리고 시궁창 냄새로 아
         침마다 코가 저릿저릿한 이 집과 함께였어. 그때 생
         각했어. 신부가 되든, 멀리 이민을 가든 나는 이 집
         에 갇혀 있겠구나. 도망갈 수 없겠구나. 미안해. 이
         런 곳에 끌어들여서.

여자   내가 도와줄게. 이제 내가 있잖아. 도망가지 않을
         게. 그 바퀴처럼. 그럼 우리도 살 수 있을 거야. 우
         선 이 싸움부터 말려야 해. 어머니가 울부짖으셔.

         영철, 간절히 여자의 손을 잡는다.
         여자, 영철의 눈을 본다. 살며시 영철의 손을 빼낸다.
         여자, 웃는다. 밖으로 나간다.
         영철, 괴로운 듯 머리를 쥐어뜯다가 곧 뒤따라 나간다.
         노파, 윗도리가 벗겨진 상태로 노인에게 구타를 당하고 있
         다.

노파   **봐라. 봐.** (여자를 보고 미친 듯 웃는다.) 이게 우리 집구

석이야. 봤지?

어떠냐, 아들아. 언제까지 숨길 수 있다고 생각해?

봐라. 시집온 첫날 보게 되잖아.

노인   날 무시해? 저 칼로 당장에라도 네년의 멱을 딸 수
있어.

노파   따라 따. 이놈의 영감탱이야. 술만 먹으면 분기탱천
해서 지랄 지랄. 술 없으면 말더듬이 병신 주제에.

노인, 칼을 빼 들고 노파의 목에 겨눈다.

여자, 비명을 지른다.

영철, 노인의 칼을 뺏는다.

안 뺏기려는 노인, 서로 칼을 잡은 상태.

영철, 여자에게 수치스럽고 노인에게 분노한다.

영철   (울먹이며) 제발 그만 좀 하세요. (운다.) 새사람도 들
어왔잖아요. 정말 그만 좀 …… 제발 그만 …… 좀
…… 이제 정상적으로 살고 싶어요. 다른 집들처럼
…… 제발.

노인   너, 이 새끼. 너도 날 무시하잖아. 늘 네 에미랑 한
편이 돼서는…….

영철   잘못했어요. 이제 그만하세요. 제가 다 잘못했어요.

노인   네 에미는 왜 잘못했다는 말 한마디가 없냐. 봐라.
너도 봤지. 네 에미가 날 무시하는 거. 말끝마다 톡

톡 자르고 비웃고 씹어대고. 멱은 못 따도 손모가지
라도 따야겠다. 죽여서 시멘트를 발라놓으면 더는
못 지껄이겠지.

노인, 칼을 처들고 그길 밀리던 영철을 밀치나 칼이 영철의
눈에 박힌다. 단말마의 비명이 들리고 칼은 눈을 통과해 영
철의 머리 뒤로 나온다.

여자   **여보!**
노파   **영철아!**

3장

3년이 흐른 뒤 여름, 한낮.

여자, 절뚝거리며 노인에게 밥을 차려준다.

여자   **아버님, 좀 드세요. 매일 술만 드시지 말구요.**

노인   (눈이 게슴츠레하다.) **원망하는 저…저 ……눈깔.**

여자, 묵묵히 수저를 놓는다.

노인   **다… 내… 탓…이라 생…생…각하는 게냐.**

여자   **……**

노인   **후, 후회하지? 이놈의 집…집…구석에 시집온 거. 이 반…지…하, 빛…도 안 들어…오…는 이 집. 바퀴…가 득실…거리는 이 집. 개…개…개미 떼가 줄지어 다니는 이 집. 후…후…후회하지?**

여자   **……**

노인, 술잔을 여자에게 내민다.

여자, 멍하니 보고 있다.

툭 치는 노인, 술을 따르라는 듯.

여자, 술을 따른다.

몇 잔 연거푸 마시는 노인, 삶은 달걀 반을 우적 깨어 문다.

올라가는 치마, 발목이 슬쩍 내비친다.

스치는 척하며 여자의 발을 은근슬쩍 주무른다.

여자   뭐 하시는 거예요.

노인   ……아플까 봐 그런다. 아직 흉터가 그대로야. 피
       부가 두꺼운 테이프를 붙인 것마냥 뻣뻣하구나. 매
       일매일 새살은 돋는데 빠져나갈 곳이 없어. 소리를
       막 지른다. 소리를. 이 가는 발목이…….

여자   (소리친다.) 어머니! 어머니!

노파, 등장한다.

노파   웬 소란이야.

여자, 노파 뒤로 숨는다.

여자   아버님이 제 몸에.

노파   이런 썩어빠질. 개 같은 영감탱이. 베드로를 삶아
       처먹은 것도 모자라.

노인, 술을 들이켠다.

노파   제 자식을 저렇게 만든 것도 모자라.

노인, 술을 들이켠다.

노파   며늘애한테 또 손을 대?

노인, 또 술을 들이켠다.

노파   이런 죽일 놈의 영감탱이.
여자   어머니…….
노파   괜찮다. 어차피 많이 취해서 못 움직일 거야. 봐라.
                  (옆으로 눕는 노인을 가리키며) 그새 자빠져 자잖아. 지
                  옥불에 들어갈 영감탱이 같으니.

코 골며 자는 노인의 머리 위에 칼이 걸려 있다.
노파의 눈에 들어온다.

노파   저놈의 칼. 언젠가는 버릴 테다. 저 흉물스러운 칼.
                  언젠가는 내가 저 칼로 저 미친 영감탱이 멱을 따고
                  말 테야.
                  아주 지긋지긋하다. 술만 처먹으면 팬티 바람으로

돌아다니지를 않나.

술 깨면 내 가랑이 사이에서 울면서 108배를 한다. 용서해 달라고. 술만 깨면 영철이 앞에서도 수백 번 절을 한다. 십수 년이다, 십수 년. 아주 찢어 죽여도 시원찮을.

기억나냐. 작년에 저놈의 영감탱이가 술을 머리꼭지까지 퍼먹고 와서 나를 개 패듯 팬 날.

여자　　그런 날은 너무 많아서 언제인지…….

노파　　개싸움에서 번 돈을 지나가던 어린 놈한테 다 털린 날 말이다. 그날 저 영감이 꼭지가 돌아서 네가 말리느라 얼마나 고생을 했냐. 저 영감이 영철이 기저귀 삶던 통을 우리한테 냅다 들이부었지. 그 뜨거운 통이 네 다리에……그 일만 아니었어도 넌 계속 춤을 췄을 게야.

여자　　……

노파　　첫날에 신랑 잃고 1년 뒤 네 다리를 잃고. 자, 말해 봐라. 계속 이 집에 살고 싶은 게야? 살 만큼 살았다. 이 정도면 영철이도 이해할 게다. 요즘 사람들은 결혼도 안 하는데 너는 왜 이런 무덤 같은 집에 왔단 말이냐.

여자　　제가 갈 곳이 어디 있어요. 그리고 춤 잘 추는 젊은 애들이 얼마나 많아요. 아버님이 아니었더라도 전

이 일을 했을 거예요.

노파　넌 원망도 할 줄 모르냐. 남의 귀지나 파는 거. 쯧. 그 일이 뭐가 좋다고.

여자　어머니, 몸을 파는 것도 아니고 귀를 파는 건데 뭘 그러세요? 사람들이 감동하는 모습을 봐야 해요. 그 시원해하고 짜릿해하는 모습, 어떤 사람은 울기도 하는걸요. 저는 일종의 구원자예요.

노파　뭔가 거창하구나.

여자　그럼요. 거창하죠.

노파　그나저나 저 개를 어쩌냐.

여자　진작 정신병원에 보내야죠.

노파　넌 모른다. 네가 우리 집 오기 전 저 인간을 정신병원에 보냈었다. 영철이랑 나랑 있는 돈 없는 돈 다 끌어모았지. 딱 두 달이었다. 딱 두 달 평화로웠지. 두 달 뒤 온 손발에 흙을 묻히고 저 개가 탈출해서 나는 죽기 직전까지 맞고 아들은 휴, 말을 말자. 난 그때 고막이 터져서 지금도 잘 안 들린다. 저 인간을 가둘 수 있는 곳은 없다. 저건 개다. 개. 인간이 아냐. 인간이. 그래서 말이다. (잠시 침묵) 2층으로 저 인간 좀 옮겨줄 수 있겠지. 저 흉물스러운 칼도 같이.

여자　왜요. 어머니.

노파	올라가 보면 안다. 우선 날 좀 도와다오.

> 노파, 노인의 어깨를 잡고
> 여자, 노인의 다리를 붙든다.
> 노파, 노인의 몸 위에 장검을 올려둔다.
> 힘겹게 2층으로 올라간다.
> 여자가 노인을 침대에 눕히려고 하자
> 노파, 고개를 흔든 뒤 고개로 바닥을 가리킨다.
> 바닥에 노인을 눕힌 뒤 노파, 한숨을 쉰다.

여자	여기에 아버님은 왜요.
노파	더 이상은 내가 못 보겠다.
여자	어쩌시려고요.
노파	죽이자.
여자	(어이가 없어) 네?
노파	농담이다. 감옥에서 썩을 순 없지. 죽일 수도 없고 살릴 수도 없어서 내가 가두기로 했다.

> 노파, 뒤편에서 베드로 개장밑에 수건을 깔고 끌고 온다.

노파	베드로 집이었다. 2층까지 올려놓느라 아주 죽을 애를 먹었다.
여자	어머니, 이걸로 어쩌시려고요.

노파   이 안에 저 영감을 가두는 거다. 이렇게.

        노파, 자는 노인을 질질 끌고 와 철창에 넣고 문을 잠근다.
        칼은 구석에 아무렇게나 둔다.

노파   **봐라, 자물쇠도 튼튼하지? 세 개나 달았다. 열쇠는
        이렇게 1, 2, 3 적어놨어.**

        노파, 열쇠를 흔든다.

노파   **봐라. 간단하지? 진작 이럴 걸. 경찰에 신고하고 정
        신병원에 처넣고. 속 시끄러운 일만 했다. 이렇게
        간단하게 해결하면 될 걸. 그놈의 기관들은 해주는
        일 하나 없으면서 세금만 받아 처먹어. 진작 이랬으
        면 너도, 영철이도 무사했을 게다.**

        여자, 떤다.

노파   **왜, 무섭냐. (여자의 손을 잡는다.) 많이 무섭냐?
        떠나려면 떠나라. 말했잖느냐. 3년이면 충분하다.
        영철이도 이해할 거야. 절름거려도 너는 젊고 예쁘
        지. 아주.**

여자   이런 곳에 영철 씨를 혼자 두고 떠날 수는 없어요.

	어머니도요.
노파	난 언제나 혼자였다.
	아니지, 저기 영철이가 있잖아. 푹 삶긴 양배추 같
	지만 그래도 내 새끼 영철이.
여자	언제까지 들키지 않을 수 있죠.
노파	뭘 말이냐.

여자, 눈짓으로 노인을 가리킨다.

노파	내가 죽으면 신고해라.
여자	무서워요.
노파	사는 게 다 무섭다.
여자	그래도 이건 아니잖아요.
노파	사는 게 다 아니다.
여자	제가 나가서 신고할게요.
	다시 가둬달라고.

노파, 코웃음 친다.

노파	어디에, 뭐로, 언제 가둔단 말이냐. 경찰이? 법
	이? 웃기지 마라. 아무도 관심 없다. 너와 나까지
	죽어야겠냐. 죽을 때 죽더라도 저 영감한테 맞아 죽
	긴 싫다.

여자	……
노파	저 영감은 살아 있을 때도 저 철창 안이 전부였어. 큰 철창 안에 갇혀진 놈을 좀 작은 철창에 가둔들 무엇이 바뀌냐. 그대로다. 베드로 집이지만 베드로도 이해할 게야.

여자, 울상이다.

여자	어머니까지 잡혀가면 저는 어떡해요. 저이는 누가 돌보나요.
노파	그럴 리 없어. 들킬 일 없어. 이런 집 아무도 관심 없다.
여자	아버님은 나쁜 사람은 아니잖아요. 어머니가 환자라고, 아픈 사람이라고 이해하자고 하신 적도 있잖아요. 단지 술만 먹으면 실수하실 뿐이고 영철 씨는 사고잖아요.
노파	그래. 그런 말을 한 적이 있지. 본시 저 영감이 악마는 아니지. 그저 무능하고 소심한 인간이지. 술만 먹으면 미친개처럼 날뛰어도 본시 악한 사람은 아닌 걸 안다. 그런데 언제까지 봐줄 셈이냐. 우리도 살아야지. 술만 먹으면 칼을 들이대는 인간과 어찌 사냐.

여자　　　(체념한다.) 그래도 환자라고······.

노파, 여자의 배를 쿡 찌른다.

노파　　　이런 일을 겪고도 넌 그런 말이 나오냐. 술김에 한
　　　　　말이다. 잊어라. 환자는 무슨. 실수로 아들 병신 만
　　　　　들고, 실수로 며느리 임신시키고······실수 한 번만
　　　　　더했다가는 아주 삼족이 멸하겠다.

여자　　　술이 웬수지요. 술만 깨면······.

노파　　　세상에 악한 사람은 없다. 수십을 살해한 놈을 들여
　　　　　다봐도 실상 극악무도한 놈은 잘 없다. 평범하고 때
　　　　　로는 선하지. 하지만 우리를 봐라. 이 황무지 같은
　　　　　집안 꼴은 어떻고. 저 개가 망쳐놓은 집안 꼴을 봐.

여자　　　그건 그렇지만.

노파　　　긴말 필요 없다. 넌 돈 벌어오고 침묵하면 된다. 난
　　　　　늘 하던 대로 영철이를 돌보마.

그때, 철창 안에서 부스럭거리며 노인이 일어난다.
여자, 너무 놀라 뒷걸음질친다.
노파, 본다. 담담하다.

노파　　　이제 깼소. 내가 당신 가뒀소.

노인　　　이···이··· 뭐 하는 짓이야.

노파	당신은 그동안 뭐 하는 짓이었소. 당신, 그 안에서 송장이 돼야 나올 것이오.
노인	뭐…뭐… 미…미쳤어.
노파	미친놈한테 미쳤다는 소리를 들으니 기분이 묘하구려.
노인	이…이건 말도 안…돼. 여…여…보…….
노파	왜 부르오?
노인	내가 잘못…했어. 영철…이도… 새아기도… 다… 내… 잘못이야. 내가… 술…술 때문에…….
노파	그럼 그 안에서 반성하면 되겠네.
노인	이건… 너무…하잖아…….
노파	당신도 참 너무했소. 술 때문이라고 하면 죽은 자식이 살아온단 말이오?
노인	영철이는 살아 있잖아.
노파	저게 죽은 거지. 산 거요?
노인	살 수 있어.
노파	무슨 수로!
노인	(머리를 굴리나 마땅히 대답할 말이 없다.) 우선 이…이것부터… 열…열…어.
노파	못 열겠소.
노인	설마 계속 가둘 생각은 아니지.
노파	그렇다면 어쩔 거요.

노인, 철창을 두드리며 소리 지른다.

여자　　어머니, 아버님 식사는.

노파　　죽지 않을 만큼 밥을 줘라. 저 인간을 가둘 수 있는 곳
　　　　은 다시 말하지만 이. 집. 밖. 에. 없. 다. 열어주거나
　　　　엉뚱한 짓 말거라. 너도 나도 죽는 거야. 그때는.

　　　　노파, 쇠막대기를 가지고 와 노인을 쑤셔댄다.
　　　　노인, 비명을 지른다.

노파　　한 번만 더 소리 지르면 저 칼로 쑤셔버릴 테니 알아
　　　　서 하소.

　　　　노인, 침묵한다. 구석에 웅크린다.
　　　　노인, 흐느낀다.

노인　　당신도 알잖아. 나도 어쩔 수 없 는걸. 술만 먹으면
　　　　내가 … 내가 아닌 걸…….

노파　　그래서 내가 당신 도와주는 거요. 못 날뛰게. 평생.
　　　　다시는 후회하지 않도록.

　　　　노인, 호흡이 곤란하다. 곧 헉헉거린다.
　　　　연기인지 사실인지, 분명치 않다.

여자　　어머니……아버님이…….

노파　　안 죽는다. 쇼야, 쇼.

노인, 쓰러진다.

여자   **어머니!**

노파   (언성 높다.) **안 죽는대도!！！**

노인, 구석에서 조용히 웅크린다.
체념한 듯 고개를 무릎 사이에 묻는다.

노파   **봐라.**

여자   ……

그때 갑자기 여자가 헛구역질을 한다.
노파, 의심스러운 눈초리로 여자를 한참 노려본다.
여자, 도리질을 친다.
노파, 여자에게 한 걸음 다가간다.
여자, 한 걸음 뒷걸음친다.
노파, 다시 한 걸음.
여자, 다시 뒷걸음친다.
노파, 여자의 배에 손을 갖다 댄다.
여자, 소스라치게 놀란다.
노파, 음성에 물기가 묻어 있다.

노파   **아직도 안 지운 게냐. 더 조여라. 꽉. 꽉. 아무도 눈치채지 못하게 꽉꽉 조여. 도대체 언제까지 키울 셈이야. 모질게 마음먹고 죽여야지.**

여자, 도리질 친다.

노파, 여자를 쓰다듬는다.

노파   더 조여라 꽉. 아무도 모르게. 누구도 알아서는 안 돼.

여자   숨통이 막힐 거예요.

노파   암, 숨통이 막혀야지. 고놈의 숨통 빨리 막혀야지.

여자   어머니……

노파   왜 부르냐.

여자   전……이 아기를 낳고 싶어요.

노파   날 미치게 할 작정이냐. 이미 미쳐가고 있다. 그러
         니 제발 너라도 정신 차려. 그 아기를 낳는다고?
         헛소리 말고 지울 때까지 꽉꽉 조여라. 아무도 모른
         다. 아무도. 네 아기도 우리 가족도 사람들은 모른
         다. 더 꼭꼭 숨자. 더 꼭꼭. 저 철창 속의 개도 네 배
         속의 아기도 저 나무토막 같은 내 아들도. 아무도
         모른다. 이 집에 숨어 있으면 아무도 몰라. 다 썩어
         갈 때까지 아무도 몰라.
         기다려라. 겨울에 눈꽃이 피면 내 아들은 부활한다.
         저렇게 죽은 나무로 있지는 않을 게다.

여자   부활 같은 건 없어요. 이제 그이의 수액은 말라버린
         지 오래예요. 우린 살 방도를 찾아야 해요. 옷장 밑
         에서 꺼낼 동전도 없어요. 곧 우리도 말라버릴 거예
         요. 그전에 저 칼이라도 팔아요. 한동안 끼니가 해

결될 거예요.

노파 (철창을 힐끗 보며 풀 죽은 목소리로) 저 개가 미쳐 날뛸 지도 몰라. 제일 아끼던 건데. 팔아버리면.

여자 가뒀잖아요.

노파 그래도 …….
(다급하게) 조금만 기다려라. 내 아들이 시퍼렇게 살아날 게다.

여자 다시 살아나는 일 따위는 없어요. 그리고 (노인을 가리키며 겁이 나는 듯, 작은 목소리로) 죽는 일 따위도 없어요.

노파 꼭 다시 살아나. 다시 살아난다. 천 년을 산 뒤 고목이 살아나듯. 살아날 거야.

여자 천 년이 지나도 죽은 것들은 살아나지 않아요.

노파 (분노한다.) 네가 뭘 알아. 네가 뭘 알아.

여자 어머니가 그랬잖아요. 벌레 한 마리 살지 못한다고.

노파 (아이처럼 운다.) 아무것도 몰라. 모른다. 너는. 전부 아는 건 나와 내 아들밖에 없어. 내 아들은 살아난다. 살아나. 전부 부활할 거야.

노파, 정신이 나간 듯 손톱을 물어뜯으며 중얼거린다.

노파 살아난다. 살아나. 전부 부활할 거야.

여자	(한숨 쉬며) 그래요. 살아나요. 좀 주무세요. 철창을 끌고 오느라 힘드셨을 거예요.
노파	잠이 오지 않아.
여자	주무세요. 꿈에서는 한결 편안해질 거예요.
노파	그럴까.
여자	그럼요. 꿈속에서 그이도 만나고.
노파	(화내며) 왜 꿈속에서 만나? 죽지도 않은 아들을. 꿈속에서 왜 만나.
여자	말이 그렇다는 거죠. 주무세요.
노파	자고 나면 모든 게 멀쩡해질까.
여자	그럼요. 영철 씨랑 베드로가 뛰어놀고 있을 거예요. 믿으세요.
노파	그럴까. 그럼 잠시 누우마.

노파, 눕자마자 금세 잠들어 코를 곤다.

| 여자 | 좀 주무시고 계세요. 전 일하고 올게요. |

여자, 두려운 듯 철창을 힐끗 본다.
노인, 고개를 들고 여자를 본다.
여자, 뒷걸음질치며 도망치듯 사라진다.
암전.

4장

갖가지 향초와 촛불들이 켜져 있는 방.

3번이라는 팻말이 붙어 있다.

아름다운 수조, 노니는 금붕어, 벽에 걸린 멋진 그림,

꽃이 가득 담긴 화병이 군데군데 놓여 있다.

지나친 치장으로 무당집처럼 어수선하다.

여백의 미가 전혀 없는 공간이 부자연스럽다.

여자는 손님을 무릎에 뉘어놓고 있다.

손님   저번보다 불편해요.

여자   예?

손님   모르겠어요. 배가 불편해요. 뭔가가 꿈틀거리는 것
       이. 잠이 들려고 할 때마다 꿈틀거려서 신경이 쓰여
       요. 혹시 아이를 가지셨나요?

여자   (배를 움켜쥐며) 그럴 리가요.

손님   괜찮아요. 예전에, 아주 예전에 아내가 아기를 가진
       적이 있었죠. 그때 이렇게 누워본 적이 있어요. 꼬

물거리던 그 생명. 정말 힘차게 꿈틀거렸어요. 지켜야 했는데 ……

(여자를 올려다본다. 잠시 침묵.)

아기의 아빠에게 돌아가요.

여자 저 아니라 다른 여자를 지정하셔도 돼요. 괜찮습니다. 아기라뇨 …… 그런 핑계 대지 않으셔도 됩니다. 여긴 자유로운 곳이에요. 고객님만 편하시다면 1번 방, 2번 방, 4번 방 다 가능해요. 좀 더 편하고, 좀 더 안락하게 해드릴 겁니다.

손님 밤새도록 잠이 오지 않아요. 당신 무릎을 베고 누웠을 때만 잠을 잘 수 있었어요. 당신에게서 저는 진정한 휴식을 찾았어요. 하지만 아기는 이런 곳에서 자라면 안 됩니다. 지금도 발길질을 하고 있어요.

(여자의 배에 손을 대며) 느껴지나요?

여자 이해할 수가 없네요. 이런 곳이 뭐 어때서요. 여기는 지상 낙원이에요. 모두들 힐링을 느끼죠. 안락하고 편안한 곳.

얼마나 공을 들여 지은 곳인지 몰라요. 일본에 있는 야마모토의 귀 청소 가게와 아주 똑같죠. 다 값비싼 것들이에요. 덕분에 대출이자가 어마어마하다고. 앗! 죄송합니다, 쉬러 오신 분께 이런 얘기를 …… 죄송합니다.

손님	이건 가짜예요. 여긴 그럴싸한 가짜, 인조 ⋯⋯ 플라스틱 ⋯⋯ 합성 ⋯⋯.
	하지만 아기는 진짜 실제죠. 만져지는, 느껴지는, 제발 아기 아빠에게로 돌아가세요. 당신이 행복해지길 바랍니다.
여자	저는 남편이 없어요.
손님	그럼. 아기는 ⋯⋯.
여자	(체념한 듯) 죄의 씨앗이죠. 자꾸 자라는데 저도 막을 수가 없어요..
손님	무슨 소린지 ⋯⋯.
여자	⋯⋯
손님	아기의 아빠가 미운 건가요?
여자	⋯⋯
손님	폭력을 쓰나요. 저도 한때는 그랬죠. 하지만 지금은 개미 한 마리 죽이지 않아요. 사람은 변할 수도 있어요.
여자	남편은 다정해요. 더할 나위 없이 책임감 있는 사람이죠.
손님	그런데 이런 곳에 당신과 아기를 두는 건가요?
여자	(일부러 딴소리) 어차피 관둬야 해요. 사장은 절 자르지 못해요. 제발로 나가야죠. 여길 나가면 정말 끝이지만, 여기에 있어도 끝인 건 마찬가지예요.

손님   밖에서 한번 만날 수 있을까요.

여자   글쎄요. 그건 다음에 만났을 때 말씀드리죠.

        여자, 일어난다. 하지만 통증 때문에 주저앉는다.

손님   저기, 가랑이 사이로 뭔가가 흘러요.

        여자, 자신의 발밑을 내려다보며 울상을 짓는다.

손님   양수예요. 양수가 터진 거예요. 빨리 병원을.

여자   아……아직 때가 되지 않았는데.

        (울상이다.) 8개월밖에 되지 않았어요.

        여자, 날카로운 비명을 지르며 주저앉는다.

        사장, 뛰어온다.

사장   뭐야? 무슨 일이야.

        사장, 고객을 살펴본다.

사장   어디 다친 곳은 없으십니까.

손님   (다급하게) 아, 제가 아니라 여기.

        사장, 그제야 여자를 본다.

사장	(짜증이 난다.) 왜 그래. 무슨 일이야?
	(여자의 다리 사이를 본다.) 피!

여자의 피가 묻을까 봐 재빨리 근처의 화병과 돗자리를
치운다. 여자의 밑에는 아무것도 없다.

손님	돗자리라도 깔아놔야죠, 아기가 나올지도 몰라요.
사장	뭐? 아기요?
	(여자를 어이없이 쳐다본다.)
	임신 중이었어? 이런 제길. 난 아니야.
	알지? 알지?
	(방백) 그래서 살이 계속 찐 거였군. 에이.
손님	(어이없이 사장을 쳐다보며) 돗자리라도 깔아두세요.
사장	이 돗자리는 일본 야마모토 가게에서 직접 공수받
	은 귀한 겁니다. 단 하나밖에 없는!
손님	(화가 난다.) 뭐 이런!

여자, 더 처절하게 비명을 지른다.
손님, 정신을 차린 듯.

손님	이런. 내가 뭘 하고 있는 거야.

손님, 급하게 휴대폰을 꺼내 119에 신고한다.

암전.

암전된 상태에서 119에 전화하는 소리,

병원에 실려 가는 소리,

사장의 투덜거리는 소리,

아기 우는 소리,

여자의 비명 소리가 계속 들린다.

5장

초저녁이다. 어슴푸레 해가 질 무렵
여자, 절뚝거리며 등장한다.

노파   이틀이나 안 보여서 떠난 줄 알았다. 쪽지 하나 안
            남겨 야속하다고는 했다만. 왜 돌아온 게야. 그냥
            떠날 것이지. 무슨 미련이 있다고.

여자   태어났어요.

노파   무엇이?

여자   아기요.

노파, 황급히 놀라 여자의 배에 손을 대본다.

노파   기어이 낳았구나, 낳았어. 난 네가 도망간 줄로만
            알았다. 아기는?

여자   눈이 없었어요. 영철 씨처럼.

노파   보기 싫었나 보다. 세상이. 그래도 이리 다오.

여자   영영 가버렸어요.

         노파, 혀를 찬다.

노파   잊어라. 미역국이나 내오마. 미역이 있으려나 모르
         겠구나.

         노파, 종종걸음으로 퇴장한다. 여자, 남편 앞에 선다.
         남편의 머리를 어루만진다.

여자   들었어요? 죽었어요. 두 번째 아기가. 비록 당신 아
         기는 아니었지만 당신을 닮았을 거라 생각하고 낳
         았는데 …… 당신은 아버님을 닮았으니까요. 그런
         데 죽어버렸네요.

         여자, 연신 남편의 머리를 어루만진다.
         굽이 없는 하이힐을 벗는다.
         다른 한쪽의 신발도 물끄러미 보다가 벗는다.
         치마를 걷고 다리를 주무른다.
         하얗고 가느다란 여자의 다리.
         여자는 자신의 다리를 내려다본다.

여자   꿈을 꿔요. 처음 만난 그곳에서 당신은 내 머리를
         쓸어 올리고 난, 당신 어깨에 기대어 있는. 난 당신

만 옆에 있으면 된다고 생각했어요. 지금은 당신만 옆에 없어요. (집을 둘러보며) 그날 떠나야 했을까요. 당신을 너무 몰랐으니 이 집도 몰랐다 하고 바로 떠났어야 했을까요. 그랬다면 아무 일도 없었던 것처럼 살 수 있었을까요. (침묵) 아니요, 그러지 못했을 거예요. 그렇게 쉽게 끊어질 인연이었다면 시작조차 하지 않았겠죠.

여자, 남편의 손을 잡아서 자신의 가슴에 댄다.

여자   어때요? 아직 뛰고 있나요? 심장에서 피가 흐르나요? 온몸에 피가 돌지 않는 것 같아요. 다리가 붓고 저려서 잠을 잘 수가 없어요. 다른 생각을 할 수도 없어요. 당신을 안으면 좀 나을까요? 피만 돌면, 그래서 이 다리의 통증만 사라진다면 뭔가 다른 생각을 할 수 있을 것 같아요.

여자, 망설이다 조심스럽게 남편의 바지를 내린다.
살이 많이 쪄버린 남편의 몸에서 바지는 쉽게 내려오지 않는다.
여자, 겨우 남편의 바지를 벗기고 남편의 성기를 애무한다.
여자의 동공은 비어 있다. 기계적인 애무.
아무래도 성기가 서지 않는지 여자, 작게 한숨을 쉰다.

여자, 속옷을 벗고 치마를 입은 채, 남편의 몸 위로 올라간다.
몇 번 움직이다 흐느낀다.

여자   다시 아기를 갖는 건 무리겠죠. 생명이 잉태되기엔
       당신이나 나나 너무 말라버렸어요. (손바닥을 들어 보
       이며) 보세요. 손바닥도 다 갈라져서 자잘한 손금들
       이 무수하죠? 손금이 자잘하면 고생을 많이 한대
       요. 그래서 팔자가 이런가 봐요. 온몸이 쩍쩍 갈라
       지는 것 같아요. 누가 물 한 동이만 부어주면 살 것
       같은데⋯⋯뿌리를 아무리 뻗어 봐도 물 한 방울 잡
       히지 않아요. 그때, 우리가 이렇게 말라버리기 전에
       ⋯⋯당신의 아기를 가졌었죠. 당신의 퉁퉁 불은 몸
       이, 내 몸에 씨앗을 뿌리내렸을 때 난 희망을 보았
       어요. 당신 대신 어머니와 아기를 키우며 살 수 있
       을 거라 생각했어요.
       어디서부터 잘못된 걸까요. 어디서부터 시작해야
       하나요. 시작할 수나 있을까요. 당신은 이렇게 가지
       가 다 잘린 분재처럼 멍청히 있는데⋯⋯다시 생명
       을 가질 수 있을까요. 다시 이 몸에 더운 피가 흐를
       수 있을까요.

       그때, 남편의 손가락 움직인다.
       여자, 불에 덴 듯 벌떡 일어난다. 남편의 손을 들어본다.

다시 움직이는 손가락.

여자, 믿기지 않는 듯 놀라서 남편의 손을 쥐어본다.

여자   (다급하게) **어머니! 어머니!**

노파, 미역국을 들고 들어온다.

여자   **이이가 움직였어요.**

노파, 미역국을 떨어뜨린다. 황급히 아들 옆으로 다가온다.

노파   **확실하냐.**

여자   **네.**

노파   **헛걸 본 게 아니고?**

여자   **꿈틀거렸어요. 힘차게.**

노파   **깨워달라든.**

여자   **네. 깨워달라고 꿈틀거렸어요.**

노파   **믿기지 않는구나.**

여자   **곧 다시 움직일 거예요.**

노파와 여자, 희망에 차서 달뜬 얼굴로 며칠을 꼬박 기다린
다. 해가 지고 뜨고, 나뭇잎이 흩날리고 시간의 흐름 속에 둘
은 침묵으로 기다린다. 그 침묵은 노파가 깬다.

노파	기적이란 없다.
여자	······
노파	내가 알기에 기적이란 없다. 특히 운이 더럽게 없는 이곳에 기적이 찾아올 리 없지.
여자	아니에요. 어머니. 정말 움직였어요. 제가 똑똑히 봤어요.
노파	내 주제에 무슨.
여자	······
노파	너도 이제 포기해. 이 집은 사람 살 곳이 못 돼. 나나 저 영감처럼 이미 죽은 사람만이 살 수 있는 곳이야. 여긴 아주 썩은 내가 진동을 한다. 넌 살아 있는 사람들이 있는 곳으로 떠나라.
여자	이 집에 더 이상 새 생명이 깃들지 못하는 건가요.
노파	새 생명이 아니라 있던 생명도 죽는다. 터가 안 좋은지 원. 예전에 고양이들 죽는 걸 봐라. 아기도 둘씩이나 죽었다.

노파, 여자를 힐끔 본다.
무심한 듯 그러나 미안한 듯.

노파	그날 널 혼자 두고 나가는 게 아니었다.
여자	어머니 탓이 아니에요. 누구 탓도 아니에요. 그냥 그렇게 저질러진 일이에요.

노파	생불이구나.
여자	아기가 살았더라면
노파	두 살이겠지.
여자	옹알이를 하고 있을까요.
노파	그때쯤이면 제법 낱말을 할 때지. 물, 밥, 멍멍, 야옹, 가끔 안녕.
여자	보고 싶어요. 말을 가르치고 안아보고 싶어요.
노파	낳아보지도 못하고선.
여자	좀 더 빨리 병원에 갔으면…….
노파	이미 배 속에서 죽었다. 미련 가지지 마. 내가 좀 더 빨리 들어왔으면 저 인간이 널 덮치지도 못했으련만……그 아이가 살았다면 지금 말을 가르치고 있겠지.
여자	미련 가지지 말라면서요.
노파	(민망한 듯) 그래. 맞다.
여자	이름을 지었었어요.
노파	뭐라고.
여자	소명이라고.
노파	좋은 이름이구나.
여자	수녀나 신부를 시키고 싶었어요.
노파	영철이가 좋아했겠구나.
여자	낳으면……꼭…….

노파   자식은 마음대로 안 된다.

여자   그래도…….

노파   죽은 아기다. 더 이상 생각지 마라.

여자   어머니도요.

노파   그래.

           눈이 아프다. 뒤통수 쪽부터 통증이 시작되는 것 같

           구나. 저릿저릿한 게 눈도 뜰 수 없을 만큼 시리다.

           한숨 자마.

여자   그러세요.

노파   2층에 데려다 다오.

여자   제가 지킬게요.

노파   아니다. 넌 내려가. 내가 감시하마.

여자   우선 모셔다드릴게요.

     여자, 노파를 부축해 2층으로 간다.

     노파, 낡은 침대에 가서 쓰러지듯 눕는다.

     여자, 의자에 기대 노파를 보며 하염없이 앉아 있다.

     여자도 잠이 들려는 찰나. 무대 서서히 암전되는데…….

6장

철창 속의 노인, 조심스럽게 여자를 부른다.

노인   아가, 아가.

여자, 화들짝 놀란다.
노파, 꿈결에 잠꼬대를 하거나 외마디 비명을 지른다.

노인   냄새가 지독하다. 코가 떨어져 나가는 것 같아.

여자   아……아버님.

노인   한 번만 씻고 싶다. 한 번만 씻으면 지금 죽어도 여
       한이 없어. 온몸이 너무 가렵다. 보이니? (자신의 팔
       목을 보여준다.) 밤마다 바퀴며 쥐들이 물어뜯어. 여
       긴 틈이 너무 많아. 바닥 구멍 구멍마다 그것들이
       올라와. 내 팔과 두 발은 묶여 있으니 걱정 말고 세
       숫물 한 번만 떠다 줄 수 있겠니. 너무 가려워서 미
       칠 것 같구나.

여자   아, 아버님.

노인   (애걸한다.) 한 번만 씻자. 바람 한 점 없는 이곳에서
         나는 몇 달 동안 한 번도 씻지 못했어. 한 번만 씻고
         싶다.

         여자, 세숫물을 뜬다. 철창을 열고 넣어준다.
         노인, 오래도록 꼼꼼히 씻는다.
         물끄러미 바라보는 여자.

여자   새 물 떠다 드려요?

         노인, 끄덕인다.
         여자, 다시 새 물을 넣어준다.
         노인, 세숫물에 비친 자신의 얼굴을 본다.
         담담히 얘기한다.

노인   나는 충분히 이 안에서 반성했다. 내가 금수만도 못
         한 짓을 했음을……잘못했다. 내가 아비로서 역할
         을 하지 못했다. 오죽했으면 날 이곳에 가뒀을까.
         하지만 이제 곧 해결될 거야. 내가 나가면.

여자   술을 드셨나요?

노인   왜.

여자   말씀이 많아지세요. 더듬지도 않고 혀가 뱀처럼 날
         름거려요.

노인　　　한 병 마셨다. 며칠 전 넣어준 술을 아껴뒀지.

여자　　　아버님은 술만 마시면 뱀처럼 쉭쉭거리며 돌아다니다 닥치는대로 삼켜버리죠.

노인　　　뱀이라고 해도 좋다. 내 말 좀 들어봐라.

여자　　　곧 원망과 분노와 저주를 쏟아내시겠죠. 해결될 게 뭐가 있나요. 모든 것이 죽었어요. 저도 영철 씨도 어머니도.

여자, 누워 있는 남편을 쳐다본다.

노인　　　영철이라도 살려야 하지 않겠어. 저렇게 둬선 안 돼. 좋은 병원으로 옮기자. 나에게 돈이 있어. 저 칼도 팔고 내 통장도 있다.

여자, 순간 솔깃하다. 하지만 곧 도리질 친다.
멍하니 남편을 다시 바라본다.

노인　　　나가면 모든 것이 잘될 거야. 열어주면 영철이를 살릴 수 있게 모든 걸 내주마. 내 통장과 저 칼……좋은 병원에 가면 영철이는 꼭 낫는다. 말도 하고 움직일 수도 있을 게다.

여자, 고개를 흔든다.

노인 계속 저렇게 두면 정말 죽을지도 모른다.

여자, 고개를 떨군다.

노인 내 말을 못 믿는 게냐. 저렇게 두면 곧 죽어. 벌써
    등은 썩어 진물이 뚝뚝 흐른다.

여자 (놀라서) 그럴 리가요. 제가 항상 이쪽저쪽 돌려서
    통풍시키고 있어요.

노인 바람 한 점 없는 이 집에서 웬 통풍이냐. 곧 다 썩어
    버릴 거야. 내 말을 믿어. 영철이를 살리고 다시 아
    기도 낳아. 모든 것이 돌아오면 나는 사라져 주마.
    풀어만 주면 영철이를 살리고 너희 눈에 나타나지
    않으마. 약속한다. 약속해.

여자 그 약속을 어찌 믿나요.

노인 마지막으로 부모 노릇을 하고 싶다. 제발 부탁이다.
    제발⋯⋯.

여자 저에게 몸이 아프다고 방으로 약을 갖다 달라던 날.
    그날 절 범했죠. 제가 어떻게 아버님을 믿나요.

노인 이번에도 어기면 날 죽여라. 내가 잠이 들거든 저
    장검으로 날 찔러. 마지막 부탁이다. 영철이를 살리
    고 싶어.

여자 (별 희망 없이) 열쇠는 어머니가 갖고 계세요.

노인, 다급하다.

노인   (걸려 있는 노파의 윗도리를 가리키며) **저기를 뒤져봐라.
열쇠가 저 윗도리에 있을 거야. 자주 봐놨지.**

여자, 노파의 윗도리를 뒤진다. 열쇠를 발견한다.
노인의 곁에 가나 그 악취와 두려움으로 열쇠를 놓치고 만
다. 열쇠는 철창으로 만들어진 개집 밑으로 들어가고 만다.
여자, 더 이상 다가가지 못한 채 서 있다.
노인, 분노한 듯 그러나 억누른다. 다시 여자를 달랜다.

노인   (마지막 힘을 실어) **뭘 망설이냐.
열쇠를 꺼내지 않고.**

노인, 답답한 듯 주먹으로 철창을 살짝 친다.
음성이 약간 위협적으로 변한다.

노인   **날 위협하던 저 옷걸이 있지 않느냐. 그 옷걸이를
펴라. 펴서 철창 밑을 훑어라. 옷장 밑에 있던 동전
들을 꺼내듯 말이다. 천천히 조심스럽게 훑어.**

여자, 멍하니 노인의 말을 듣고 있다.
노인, 좀 더 위협적인 목소리로 변한다.

노인   **뭘 하는 거야.**

여자	(느리게) 거짓말이죠. 영철 씨를 살릴 수 있다는 것
	도……돈이 있다는 것도……그 붉은 혀를 놀려 또
	저를 속이는 거죠. 절 방으로 불러들일 때처럼.
노인	왜 사람 말을 못 믿니……있다. 있고말고…….
여자	늘 속았어요. 알고도 속고, 모르고도 속고.

여자, 도리질을 친다.

| 여자 | **싫어요. 싫어.** |

노인, 여자를 쳐다본다. 절망한다. 크게 분노한다.
미친 듯 철창을 두드린다.

| 노인 | **날 꺼내라. 날 꺼내. 이 쌍년들. 나가면 둘 다 죽여** |
| | **버릴 테다.** |

노인, 발악한다.
여자, 벌벌 떨며 노파가 잠든 침대 뒤에 숨는다.
노인, 미친 듯 소리치며 발악하다가 제풀에 지친 듯 주저앉는다.

| 노인 | (힘없는 목소리로) **쌍년들**……그날 술만 먹지 않았어 |
| | 도 이렇게 갇히진 않는 건데. |

노인, 다시 개처럼 엎드린다. 지친다. 눈을 감는다.

여자, 꿈결에 중얼거리는 노파를 벌벌 떨리는 손으로 다독거리고 이불을 덮어준다.

여자, 노인이 잠든 것을 확인하고 조심스럽게 철창 앞에 선다. 서서히 고개를 숙여 열쇠를 어디에 떨어뜨렸는지 살펴본다. 순간, 노인에게 머리채를 잡힌다. 다부지게 머리채를 끌어당기는 노인.

노인   내 죽기 전에 너부터 죽는다.

여자, 비명을 지른다.

노인   네가 처음 이 집에 왔을 때 그 눈빛, 날 홀린 게 너였지. 그 묘한 눈으로 날, 날. 이 쌍년, 저 칼만 내 손에 있었어도 너희 둘은 내 손에 죽는다. 죽여서 간을 도려내 씹어먹을 테다.

여자   아…아파요, 그만 잡아당겨요.

노인   (여자의 머리를 더욱 거세게 잡아당기며) 오냐, 너 죽고 나 죽자. 이 쌍년.

여자   (냉정한 목소리) 아프다고 말했어요.

노인, 더욱 거칠게 여자의 머리를 잡아당긴다.

여자   아파요. 정말 아파요. 너무 아파요.

여자, 흐느낀다. 육체적인 고통이 아니라
정신적인 고통으로 여자는 처참하게 흐느낀다.
흐느낌은 울음으로 울음은 통곡으로 바뀐다.
노인, 머리채를 잡은 채 여자의 울음을 한참 듣고 있다.
여자의 울음 그친다.

노인   **다 울었냐.**

여자, 노인을 멍하니 쳐다본다.

노인   **다 울었으면 열어라. 너희 두 년이 잘 때 불을 지를 수도 있었다. 내 주머니에 라이터가 하나 들어 있는 건 몰랐겠지. 지금 열면 목숨만은 살려주마.**

여자   **저한테 사과 한마디라도 했어요?**

노인   **뭐라는 거야?**

여자   **절 짓밟고, 그이를 짓밟고, 사과 한마디라도 했나요? 제 아기가 그날 사라졌어요. 방으로 절 불러들인 날, 다리 사이에 피가 흐르던 날, 덮자고 했죠. 그 뒤로도 수시로 절 범하며 조용히 하라고만 했죠.**

노인   **뭐라는 거야. 이년이.**

여자, 발악한다. 품에서 꺼낸 커터 칼로 자신의 머리칼을 베어 낸다. 커터 칼로 노인의 손등을 찍는다.

비명 지르는 노인, 짐승처럼 소리 지르는 여자.

벽에 걸린 칼을 들고 와 철창 사이로 찔러넣는다.

수십 번, 수백 번, 빠르게 미친 듯이 찔러넣는다.

단말마의 비명을 지르며 죽는 노인.

죽은 노인을 계속 찌르는 여자.

여자의 얼굴은 피범벅이다.

무대 일순간 하얗게 변한다.

눈부시다.

한쪽에 누워 있는 영철은 늘 그렇듯 미동도 없다.

7장

무대 환하다.
여자와 노파 주위에 꽃이 만발하다.

여자   어머니 보셨나요?
       그 나무요, 죽은 나무. 시꺼먼 껍질, 벌레 한 마리
       살지 않는 그 나무에 꽃이 피었어요. 아주 붉고 아
       름다운 꽃이에요.

노파   놀리지 마라. 그 나무에 꽃이 필 리가 없어. 내가 태
       어나서부터 이 마을에 있었는데 처음부터 죽은 나
       무였다. 내가 다리 사이에 초경을 흘릴 때도 죽은
       나무였고 내가 시집을 갈 때도, 내가 아기를 낳았을
       때도. 그 아기가 저리되었을 때도 계속 죽은 나무였
       다. 저 영감이 네 다리에 뜨거운 물을 끼얹고 나를
       부지깽이로 매타작할 때도. 네 배 속에 영철이 씨가
       저 영감 때문에 흘러나왔을 때도 죽은 나무였다. 거
       기에 꽃이 펴? 염병할. 말이 되는 소리를 해.

여자	제 눈으로 똑똑히 봤어요. 밤마실을 나가볼까요. 꽃 때문에 대낮 같아요. 환해요, 몹시.
노파	(죽은 영감을 가리키며) 저건 어쩌고.
여자	죽은 나무죠. 영원히 꽃피지 못하는. 우리는 새 나무를 보러 가요.
노파	그것도 죽은 나무잖아.
여자	죽은 줄 알았는데 ……사람들만의 생각이었어요, 환하게 환하게 속으로 꽃을 피우고 있었어요. 아시죠? 꽃 말이에요. 향기 나는 것들. 아름다운 것들 말이에요. 그 썩은 둥치 안에 어찌 그 어여쁜 것들을 품고 있었는지 ……기특하고 영특해요.
노파	그런데 ……아가 …….
여자	네, 어머니.
노파	내 눈이 이제 거의 보이질 않는다. 뒤통수만 저릿하던 것이 이제는 아예 앞이 깜깜해졌어. 보이지 않는데 어찌 꽃을 봐 …….
여자	보일 거예요.
노파	거짓말.
여자	매번 속고만 사셨나요.
노파	영철이는?
여자	꽃을 한아름 따와서 잔뜩 장식을 해줘야지요.
노파	(웃는다.) 예쁘겠구나. 어릴 때 계집애처럼 꽃목걸이

를 자주 해오곤 했었는데······.

여자 꽃목걸이도 해줘야지요. 사람들이 다 따가기 전에 빨리 가요.

노파 열매도 아닌데 왜 꽃을 따가. 그리고 밤이잖아.

여자 참, 어머니도. 빨리 서두르자는 말이지요.

노파 보채지 마라. 곧 준비하마. 몇 년 만에 나가는 마실이니 제일 좋은 옷을 꺼내 입어야겠구나.

여자 그럼요. 제일 반듯하고 좋은 옷을 입으세요. 절 봐요. 저도 춤출 때 입었던 제일 좋은 옷을 꺼내 입었어요. 구두도요.

노파 그러고 보니 네 구두가 말짱하구나. 걸을 수 있겠니.

여자 근처인데요. 뭐.

노파 그래도 가는 길이 험할 텐데.

여자 모든 길이 다 험해요.

노파 내 말투 따라 마라.

여자 뭐 어때요.

노파, 웃는다.
여자도 웃는다.
붉은 꽃잎이 날린다.

여자 어머니, 꽃잎이 날아와요.

노파 그렇구나.

여자	어머니 머리 위에도 제 머리 위에도 아버님 머리 위에도 영철 씨 머리 위에도 꽃잎이 앉아요.
노파	그렇구나. 꽃맞이굿이라도 벌여야겠구나. 이렇게 아름답게 흩날리니 원. 눈이 환해지는 기분이야.
여자	밤마실 갈 필요 없겠는데요.
노파	그럼 여기 앉아서 꽃잎이나 보자.
여자	그래요. 그전에 어머니, 노래 한 곡 불러주세요.
노파	그럴까. 어떤 노래를 불러주랴. 영철이 어릴 때 불러주던 노래를 불러주랴?
여자	좋죠, 제 머리를 쓰다듬으면서요. 엄마가 돌아가시면서 아무도 제 머리를 쓰다듬어준 사람이 없었어요. 영철 씨 외에는요. 어머니, 얼른 제 머리를 쓰다듬어 주세요. 솔솔 잠이 올 거예요. 아기처럼요.
노파	무릎에 누우련?

여자, 노파의 무릎 위에 눕는다.
꽃잎들이 여자와 노파 위로 다시 떨어진다.

노파	이런. 네 귀가 엉망이다. 귀를 좀 파야겠구나. 귀를 파면 기분도 좋아지고 나른해지면서 잠도 잘 올게다. 노래도 잘 들리고.
여자	귀이개는 제가 가지고 있어요.

여자, 귀이개를 노파에게 건네주고 노파는 여자의 귀를 판다.

여자   아……어머니, 너무 좋아요. 아…아…….

여자, 목에 보이지 않는 밧줄이 걸린 것처럼 자신의 목을 쓰
다듬으며 교성을 낮게 낮게 내지른다. 죽음을 향해 갈 때의
마지막 황홀경처럼.

여자   (여전히 목을 조이며) **너무 좋아요. 얼른 제 머리를 쓰
다듬으며 노래를 불러주세요. 낙원이 보이는 것 같
아요.**

노파   **그러냐. 그럼 노래를 부를 테니 넌 한숨 자렴.**

여자   **네. 춤을 추고 싶지만 너무 잠이 오네요.**

여자, 두 손으로 자신의 목을 조인 채 잠이 든다.
노파, 동요를 부른다.
1장에서 불렀을 때보다 좀 더 빠르고 불안하다.

문지기 문지기 문 열어라
열쇠 없어 못 열겠네
어떤 대문에 들어갈까
동대문을 들어가
문지기 문지기 문 열어라
열쇠 없어 못 열겠네

어떤 대문에 들어갈까

서대문을 들어가

(생략도 무방─문지기 문지기 문 열어라 열쇠 없어 못 열겠네

어떤 대문에 들어갈까 남대문을 들어가

문지기 문지기 문 열어라 열쇠 없어 못 열겠네

어떤 대문에 들어갈까 북대문을 들어가)

문지기 문지기 문 열어라

덜컥덜컥 열려졌다

노래 마치고 노파도 잠든 듯 여자 위로 쓰러진다.

꽃잎이 여자와 노파 위에 조용히 조용히 쌓인다.

* 막

登場人物

60代の老婆

30代後半の女

5歳の女の子

－子供のシーンは、声だけにして照明で登場を表すことも可能。

舞台

古い鉄製のベッドの上に老婆が寄りかかって編み物をしている。

外は黒雲と雷で薄ら寒いものを感じさせる。

女、頭痛があるようで頭を抱えている。

老婆、疲れも感じずにずっと編み物をやり続ける。

何枚も重ねて着ている老婆の服は垢が染みている。

女	（落ち着いた声で）もうやめてください。頭が痛いです。
老婆	何を？
女	編み物です。
老婆	（意地悪な子供の言い方）いやだよ。
女	編み針に刺されて怪我しますよ、この前みたいに。
老婆	これが針に見えるのかい、ほら見ろ。 （指を女の鼻の前に突きつける）全然大丈夫。

老婆、ピアノを弾いているように空中で指を動かしてみせる。

女	（いらだち）この前までずきずきすると言ってたでしょう。
老婆	でもこれは最後までやらなくちゃ。
女	……
老婆	見れば分かるだろう？
女	何にも言ってません。（深くて絶望的なため息）
老婆	（様子を見ながらキキキと笑う）産着（うぶぎ）だよ。
女	……

老婆　　　誰のだと思う？

女　　　　（益々深いため息）

老婆　　　ヘウォンのものに決まってるじゃないか。

女　　　　……ヘウォンですか？

老婆　　　（女のお腹を編み針でぶすっと突いて）ここにおるだ
　　　　　ろう。
　　　　　そこからぼこっと飛び出たらね、この真っ白
　　　　　な産着を着せるのよ。お砂糖のように白いだ
　　　　　ろうね。
　　　　　暫くしたらあんたのお腹に入ってくるから、
　　　　　お待ちなさい。

女　　　　（淡々として）あの服、どれほどちくちくするの
　　　　　か知ってます？それを着て学校に行くといつ
　　　　　も身体をしきりにかいてたんです。痒（かゆ）く
　　　　　て痒くて。中に他の服をもう一枚着せてくれ
　　　　　ればよかったのに。まだ小さいのに、一日中
　　　　　椅子に座って、あっちをかいたりこっちをか
　　　　　いたり……。（首を振りながらため息）今ですらち
　　　　　くちくする気がします。なのに、その服をま
　　　　　たヘウォンに着せるんですか？

老婆、神経質になって編み物を下ろしておく。
ため息をやめなさい、もううんざりだ、まったくけちが付く。
女、わざとらしくもっと深くて絶望的なため息。
再び編み物を手にする老婆。落ち着いて編み目を作っていく。

老婆　　夢に出てきた。

　　　　小さな足で歩き廻りながら泣いてた。

　　　　（子供の声で）怖い。ここの方がもっと怖い。死んだら全部終わるかなと思ったのに。ここの方がもっと寒い。お腹すいた。

　　　　（淡々として）爪に土がついたのか真っ黒だった。その爪で目の下をかいたり、頭をかいたり、足もかいたり、まあ。あっちこっちが痒かったみたい。母乳の毒に当ったのか、顔がごつごつしてて真っ赤だった。

女　　　やめてください。

老婆　　自ら命を絶ったのにね、ああ。

女　　　余計な話ですよ。

老婆　　お前は小さいころから結構厄介な子だった。

　　　　一瞬もじっとさせてくれなかった、私を。お

前を生んでからは、何にもかもがまともに進まなかった。あの時、占い師の話を聞かなかったのがいけなかった、お前を捨てちまえって。聞いてたらあお前の父さんもすぐ戻って来たかも。お前みたいな子供は産んじゃいけなかった。ぞっとする。情けない、まったく。お前は子供の頃からとても生意気だった。何から何まで、毎回毎回口答えばかりで。

女　　また勘違いしてません？私は一度もお母さんに口答えをしたことありませんから。いつも言われる通りにしてました。お母さんが私に、四つんばいで歩きなさいと言ったらそうしてたでしょう。

老婆　　お前は長い間腹這いのままだった。立ち歩きがなかなか出来なかったもの。本当に、どうしてあんなに遅かったんだろ。恥ずかしくって、外にも連れ出せなかった。

女、何かを言おうとするが口を閉じる。
女は、長い時間に渡って怒りを抑えてきた人だけが作れる

表情になる。
女は淡々として無表情の仮面をつける。

老婆　　　……今は何時だい？（急に時計を見つめながらお腹
　　　　　　をこする）
　　　　　　お腹が空いてきた。ご飯頂戴。

女　　　　待ってください。

老婆、女が食事の準備をしている間にお腹を抱え込んで目
をぎょろぎょろさせながら辺りを見回す。老婆は、疑わし
く、女が持って来ておいた水が入ったカップの匂いをかい
たり、あっちこっちを叩いてみたり、深い疑いをいだいた
目つきで動く。
女が卓袱台を持って入ってくると平然を装う。
卓袱台の上にはおかずが二・三個置かれてある。

老婆　　　これはなんだ？食べられるものがないじゃな
　　　　　いか？（箸でナムルを持ち上げて）ちょっと、私が
　　　　　ウサギだとでも思ってるのかい？何で肉はな
　　　　　いんだ？何を食べろというんだい？
　　　　　馬鹿。料理が下手糞じゃないか！
　　　　　しょっぱくって、すっぱくって、辛くって、
　　　　　（髪の毛を持ち上げながら）小便臭い匂いまです
　　　　　る。

これは何だい？お前の毛か？

女　　（老婆の手から毛をひったくる）

　　　毛なんて抜けません。食べてください。

老婆　汚らわしいこのアマ、淫蕩な嫌らしいアマ、

　　　料理が下手糞なアマ、だから旦那に逃げられ

　　　るのさ！

女　　（小さな声で）惨めな人生は、私もお母さんも似

　　　たり寄ったりでしょう。

老婆　何?

女　　なんでもないです。

老婆　私の耳が遠くなったからって、勝手にぺちゃ

　　　くちゃしゃべくるんだね。オムロン補聴器が

　　　届くから。補聴器世界の王様よ。オムロン！

　　　届いたらね、お前のそのつぶやき一言一言、

　　　全部拾ってやっつけてあげるから！

女　　もうご飯片付けますよ。

老婆　（ぴくっとして）それは反則だ。

　　　老婆、あたふたとご飯を食べたら、いきなりむせる。
　　　床に転げ回る老婆。

女、老婆の死を待っているかのように無言で老婆を見下ろ
す。
老婆は自ら首を絞める大げさな振る舞いをする。
老婆、いきなりぱっと立ち上がって怒り出す。

老婆　　　ちっとも動かないんだね、この酷いアマ。

女　　　　トンチミの汁でも飲んだ方がいいじゃないで
　　　　　すか？

　　　　　老婆、がぶがぶと飲む。

老婆　　　こうなったら言わせてもらうけど、お前は母
　　　　　親が死んでもいいのかい？この前テレビの、
　　　　　何たらの番組で、母親のオシッコやウンコの
　　　　　始末を二十年間やってきてもさ、いつも幸せ
　　　　　そうに暮らしている子供さんが出たのよ。そ
　　　　　の母親は野菜人間、いや違う、植物人間なん
　　　　　だって。（自分のギャグが面白く、くすくす笑う。女の
　　　　　顔は冷たい。）ふむ、ふむ。

　　　　　身体のあっちこっちを綺麗に拭きながらも
　　　　　ね、嫌な顔一つしないんだってさ。どうして
　　　　　あんなに素晴らしい親孝行の娘ができるのか
　　　　　しら。

女	程ほどに食べてください。この前みたいにとんでもない所で大便やられると困りますから。
老婆	（睨みつける）だからあっちこっちに冷たいビニールを敷いたんだね。ごしごしと拭けばいいものを。怠けやがって、このアマ！ビニールは冷たいって何回言った？まったく死体になった気分なんだから！
女	匂いはどうします？匂いが消えなくって本当に困ってますから。
老婆	あんたのオムツの糞も臭かった！誰があんたのオムツを変えてやったと思ってるんだい？この糞垂れ！
女	……
老婆	何？恥ずかしいのかい？
女	いいえ、ビニールについたシミ、どう取ればいいのかなと考えてました。
老婆	テレビも観てないのか？重曹を使えばいいんだよ。環境に優しい洗剤なのよ。
女	どこでみたんですか？
老婆	何の番組だったっけ。何でも答えてくれる、

そんな番組だったけど。

女　　　テレビ見るのもうやめてください。

老婆　　なぜ？私の目もおかしくなるからかい？

女　　　……

老婆　　（探偵のように女の周りを回りながら）私は知ってる
　　　　のよ。私は知ってる。

女　　　……何ですか？

老婆　　あんたがテレビを見ない理由をさ！
　　　　この前もあんたと似た女が捕まったのよ。ニ
　　　　ュースでみた。あんたは運がいいと思いなさ
　　　　い。自分でもそう言ったろう？ぐるぐる巻い
　　　　たトイレットペーパーをヘウォンの口の中に
　　　　押し込んだ。あの小さな口の中に、トイレッ
　　　　トペーパーと新聞紙の塊を突っ込んだ。私は
　　　　見たのよ。そう、見たとも。捕まったあの女
　　　　は工場でやったってさ。工場のトイレに投げ
　　　　込んだけど、それが全部監視カメラに撮られ
　　　　てたんだってさ。
　　　　あんたは誰も見てないと思ってたろう。私の
　　　　目が監視カメラだ、このアマ。
　　　　私は全部見た。トイレのドアの隙間から全部

見つめてた。あの小さな顔が赤く歪んで、息が出来ずに死んでいく様子を。

木製のドアはいつもでたらめさ。隙間があるのよ、隙間が。私はそこから全部見た。

あんたの深い闇、股の奥まで全部。あんたがヘウォンを殺してから、図々しく歩いて出てくる姿を一々全部見た。

私は、あんたが怖くってわかめスープを作ったのさ。

乳から白い血を流しながらもよく食らってたな。私は毎晩見てる。血走ったヘウォンの顔を。

（老婆、子供の声で）

「私を捨てないで、ママ、ママ」

女、老婆の話に興味なさそうな顔で卓袱台を片付ける。
老婆、大げさな身振りで女の周りを回る。
まるで刑事のように。
女の身体のあちらこちらの匂いを嗅ぐ。

女　　　編み物でもしたらどうですか。

老婆　　恐ろしいアマ。

女　　　糸、もうちょっと買ってきましょうか？

老婆　　酷いアマ！

女　　　もうじきに補聴器が届きますから。

老婆　　天罰が当れ、このアマ！

女　　　よく聞こえるようになったら、すべてが良く
　　　　なるでしょうね。

老婆　　自分の内臓で縄跳びするアマ。

　　老婆、絶えずに罵る。
　　女、卓袱台を持ち上げて退場。
　　老婆、一人でぶつぶつしながらあっちこっちを歩き廻る。
　　雷、より荒くなる。
　　老婆、外を見る。むろん何にもない。夜の真っ黒さだけ。
　　老婆喋りだす。
　　「いっぱいいる。すごくいっぱいいる。何で人があんな
　　にいっぱいいるんだろう。人の臭(にお)いで息が苦しくな
　　る。げろを吐くほど臭(くさ)い。」
　　老婆倒れ込むようにベッドで横たわる。そして鼾をかきな
　　がら深く寝る。暗転。

　　舞台、明るくなると先ほどの雰囲気とは大きく変わってい
　　る。
　　明るくて暖かい雰囲気。
　　海辺の砂浜に立っている老婆と女。
　　老婆は鮮やかで優雅な服を着ている。
　　なめらかなカールが入っている老婆の髪型。

老婆の姿は、全体的に知的で洗練味があふれる。
しかしなぜか不自由で、ぎこちない感じ。
そして5歳くらいの女の子。
老婆、情け深い動きで女の子の頭をなでる。
優しい微笑。穏やかな波の音。
まぶしい過去の中に女、老婆、そして子供が立っている。
女と老婆の服装は同じ。不思議な。

子供　　　婆ちゃん、ママは子供の頃どうだった？

老婆　　　ママ？（愛しい目で女を見る）童話みたいたったわ
　　　　　よ。とても綺麗な童話。歩いている宝石だっ
　　　　　たね。

子供　　　（小石を拾いながら）こんなに光ってた？

老婆　　　それより100倍以上光ってたわよ。

　　　　　女、麗しく微笑みながら子供の頭をなでる。

老婆　　　シャープなお鼻、丸い目、赤い唇。白い帽子
　　　　　を被って乳母車で外に出ると、皆の目が集ま
　　　　　ったのよ。私はあんなに可愛い子供を見たこ
　　　　　とがなかったわ。私の子だけどとても誇りに
　　　　　思ってたのよ。

子供は、老婆の話に知らない言葉が多いからか、小石を並べながら一人で遊んでいる。

女　　　本当に早いものですね。

老婆　　あなたとヘウォン、似てるわよ。とても可愛い。

女　　　ずっとお元気でいてくださいね。

老婆　　そうね。三人で長く。

女、老婆の手をぎゅっと握る。
老婆、女の頭をなでる。

女　　　もう帰りましょう。ヘウォン、帰ろう。

子供　　もう？

女　　　そうよ、寒いでしょう。

子供　　海に入らないの？

女　　　こんなに寒いのに？

子供　　海が好き。もうちょっと近くで見たい。

女　　　危ないから駄目よ。

子供　　いつも駄目、駄目。

女　　　今度ね、また今度入ろうね。

老婆	もうちょっと待ってね。婆ちゃんが連れてきてあげるから。（にっこり笑う）

老婆、子供の手を握る。
子供は老婆の手を振り払って女のスカートの裾をつかむ。
老婆、傷ついたようで。

老婆	ほぉら！この子は手を握ろうとするといつもこう。婆ちゃんが恥ずかしいじゃない、もう！

女、苦い顔付きで子供を抱き上げる。

老婆	お昼は何にしようかしら。
女	（気まずそうに）そうですね。カルグクスにしましょうか。庭でとったズッキーニも一つあるでしょう。美味しそうだったので。
老婆	そうね。半月切りにするのよ。ファンテの頭で出汁をとって、さっぱりした味にしようね。

女、ねだる子供をぎゅっと抱く。
子供を抱いた女、老婆と一緒に退場。暗転。

舞台明るくなると先の雰囲気とは全然違った最初の舞台に
なっている。

うっとうしくて薄暗い。

多足類の虫がもぞもぞ天井を這っている。

湿っている。

老婆は再びぼろぼろの服装。

ロッキングチェアに座っている老婆。

前後に早く揺れる。

おかしいほど。

ロッキングチェアに思えないほど早い。

見ているとめまいがするほど。

老婆　　なんでだよ。なんでこんなに遅いんだよ。畜
　　　　生。馬鹿！ファッキューだ！畜生。もっと早
　　　　い…ハーハー…椅子は…ハーハー…ないのか
　　　　い。

女、登場して椅子を掴む。

揺らそうとする老婆と止めようとする女の力比べ。

やっと止まるロッキングチェア。

女　　　補聴器、届きましたよ。

老婆　　私にくれ。

女、補聴器を出す。老婆はそれを耳につける。それからド

アに近寄って耳を当ててみて、次は女のお腹に耳を当ててみる。

老婆　　聞こえる。

女　　　なんですか？

老婆　　不幸がうごめく音が。

女、不愉快な顔付き。
老婆を激しく押し出す。

女　　　よく聞こえるでしょう？

老婆　　よく聞こえる。よく聞こえる。床に髪の毛が
　　　　落ちる音までとてもよく聞こえる。

女　　　よかったですね。

老婆、あっちこっちの空中をそわそわと見回す。

老婆　　ちょっと待って。（しっ！とするしぐさ）虫の音か
　　　　い？ブーンブーンいってる。天井についてい
　　　　るあの足の多い虫の音かい？何かしゃかしゃ
　　　　かとしながら動いてる。いや、違う。これは
　　　　子供の声だね。子供の声。あ、聞こえる。聞
　　　　こえる。どこかから、ボロをまとった子供の

声が聞こえる。

寒い、寒いよ。ここはどこ？顔が真っ青だ。真っ青。海のように。どんなに深いか分からない。あの小さな顔が、1000年は生きたように。老いたね、老いた。

老婆、あちこちを行ったり来たりしながら補聴器を付けたり外したり、繰り返す。化粧台に座ってリップスティックを塗る。化粧がだんだん濃くなる。

老婆　しばらくお化粧をしていない。唇の線が見えないから、口紅を塗れないじゃない。

女　　それは補聴器です。

老婆　やっとはっきりみえてきた。これからは綺麗にしておこう。皺がこんなに酷い。
　　　私も昔は本当に綺麗だった。
　　　（急に老婆の口調がまともではっきりする）
　　　あなたもとても綺麗だったわ。
　　　（鏡を通して女を見て、一瞬動きを止める。正常に戻るよう。）
　　　今はなぜこんになってしまったのかしら。
　　　唇の色が薄いわよ。死人みたいに。まぁ。目はぺこんと引っ込んで。髪に潤いがまったく

ないじゃないの。女は自分から綺麗にしてい
なきゃ。結婚したからって怠けちゃ駄目だわ
よ。

あの人はどこへ行ったの？

（再び止まって）あぁ、ごめんなさい。イさん、
なくなったんだね。もう、ついついうっかり
するんだから。

老婆、あきれたように首を振る。
女、老婆をじっと見つめる。

女　　　彼のこと……憶えて……ますか？

老婆　　私がもうろくしてるとでも思うの？憶えてる
　　　　とも。急に倒れたんだね。あんなに優しい人
　　　　だったのに。風邪も引かない人だったのに。
　　　　ああ。人間の命はこんなにはかないものなん
　　　　だわよ。あっけないわ、あっけない。

女、老婆の身体を自分の方へ回す。
鏡を通して向かい合っていた二人の顔が生で向き合う。
老婆は気恥ずかしそうに女の視線を逸らし続ける。

女　　　それで、それで他に思い出すことってありま

せん？

その他に。

女、せわしくなる。

一本の藁でも掴みたく、いきり立った声。

老婆　　（はっきりした声で）イさんのこと？あの悲しい出きごとを私の口からまた話せというの？あの悲惨な風景を。私はね、たまにね。私達の隣に、あの女いたじゃない。あの女の一人息子を思い出すのよ。サッカー選手が夢だったと言う。いたでしょう、17歳の。

十字靭帯の手術だったのに、病院のしくじりで植物状態になったあの一人息子のことよ。病院代は一生無料になったみたいだけど、なによそれ。酷い目にあったじゃない。まぁ、病院は信じられないんだから。

あんなに簡単な手術で植物状態になるなんて、誰も思わなかったわね。イさんが死んだ時にあの女が言ってたのを思い出すのよ。

「でも羨ましいです。お宅は娘さんもお孫さんもいるから。私達にはあの子一人だけです。一人でも孫がいたらその子をみて生きて

いけるのに。うちの夫婦はお終いです。」って
て言ってたわよ。
それこそ地獄だわよ。生き地獄。

| 女 | 他には？その他に。他には思い出すことない |
| | んですか？ |

| 老婆 | 何を？ |

| 女 | あの日です。あの日のこと、思い出せません？ |

女、老婆の肩を掴んで激しく振る。

女	思い出してみてください。最後の日。ヘウォ
	ンの最後の日、一体どうなったんですか？何
	があったんですか？

老婆、女をじっと見ている。

| 老婆 | ごめんね。 |

| 女 | ごめんねで終わるもんじゃないでしょう。 |

| 老婆 | 正気じゃなかったのよ。 |

| 女 | お母さんはいつも正気じゃないですよ。 |

| 老婆 | ごめんね。 |

| 女 | …… |

老婆	私、頑張ったのよ。あなたにも、ヘウォンにも。
女	（冷たく）頑張る必要ないです。
老婆	でも……。
女	頑張れって言ってるわけじゃないでしょう。あの日どうなったんです？
老婆	あなたはアイスを買いに行って、私はヘウォンの面倒をみていたのよ。
女	そう。
老婆	ただ、あんたの時と同じく、
女	どうしました？
老婆	ただ、ここから出ちゃ駄目よと線を描いてあげて、

女、唇を噛む。

老婆	この中で遊んでねって言ったの。
女	それで何をしました？
老婆	そばにいたお婆さんから話しかけられてね、話し相手をしてあげたのよ。
女	（初めて女の声が大きくなり始める）絶壁の上で？

老婆	知らなかった。
女	子供を一人にしといて。
老婆	線から出てくるなんて。
女	そんなとんでもないことを。
老婆	あなたは線から出たことがなかったのよ、一度も。
女	また狂ったかのようにおしゃべりしてたでしょう？初めて会う人と。見なくても分かる。自分の子供はあちらでどうなっても何の関係もなく。 私を閉じ込めてからも、お母さんはいつも他人とのおしゃべりに夢中だったんでしょう。

老婆、泣く。

老婆	私が死ねばよかった。私が死ぬべきよ。こう生きて何の意味がある。イさんではなく私が死ぬべきだったわ。
女	私とヘウォンは違います。好奇心が強い子なんです。
老婆	あなたは、私が言うことを一度も破らなかっ

たのよ。

女　　　私はヘウォンを閉じ込めないで育てたんです。お母さんはいつもあまりにもぴったりの靴を、ぎゅっと身体を締め付ける服を……私は線の外に出たことがないから。だから足も大きくならなかったんです。見てください。

（女、靴を脱ぐ。老婆、興味なさそうに見る）

ヘウォンは私がやってもらったのと違う方法で育てたかったんです。

裸足で自由に遊ばせたかったんです。

老婆　　知らなかった。

女　　　私はあの子に、私が味わえなかった自由を……自由を与えたんです。

何所でも自由に走らせ、何所でも自由に行かせたんです。あの子は唯一の望みだったんですよ。私を再び生かしてくれる存在だったんですよ。

老婆　　ごめん。

女　　　ヘウォンは線なんか知らない子です。

老婆、首を落とす。

女	お母さんが殺したでしょう。
老婆	私がなぜヘウォンを？
女	煩わしいから突き飛ばしたんじゃないんですか？
老婆	とんでもない。そんなことない。
女	もういいです。認めないに決まってるから。
老婆	聞いてやるのにも程があるわよ。
女	私の目を見て言って下さい。私はお母さんの目をまともに見たことが一度もないんですよ。

女、老婆の肩を掴んで目を合わせる。
老婆、顔を逸らす。

老婆	それはあんたが私の言うことを聞かないからよ。あんたの目はあまりにもお行儀が悪いさ。
女	言うことを聞かなかったことは一度もありません。
老婆	あんたはいつもご飯をこぼしながら食べてた。綺麗に拭いた食卓をいつも汚してた。

女	いくつの時の話です？
老婆	12ヶ月ごろ。
女	たったの一歳でしょう。
老婆	でも私には大きなストレスだった。

女、あっけなさそうに笑う。

老婆	……
女	もういいから、あの日のことを詳しく言って下さい。 もっと細かく。一つ残さず全部。言って下さい。

女、老婆の肩を振る。
老婆、肩と共に首も振られる。
老婆、いきなり拳骨で女のお腹を殴り飛ばす。
老婆の肩を掴んでいた女は避ける間もない。
奇襲攻撃を受けて転がる女。
老婆、女のお腹の上に乗りかかって首を絞める。
アクション映画の場面のように老婆の動きはとても素早い。
女、抵抗できずに数回老婆に殴られる。

老婆	（掛け声をかけるように）死ね。死ね。ヘウォンを殺したこのアマ。死んじまえ。死んじまえ。

老婆、むちゃくちゃに女を殴る。
どうしようもなくやられる女。
悲鳴も出さずに黙って耐える。
老婆、力溢れる。若い青年のように女を殴りつける。
しばらく殴られていた女、いきなり野獣のようにたけり立つ。
檻をぶち壊して立ち上がる獣のように怒り狂う女。
女の声ははっきり聞き取れない。
悲鳴にも聞こえて、子を失った獣の凄絶（せいぜつ）な泣き声のようにも聞こえる。
女、老婆の胸倉を掴んで持ち上げる。そして投げつける。
老婆、女の反応が楽しいようだ。

老婆　　　それそれ。やっと本性が出たのね。ヒヒッ。

老婆、本当に楽しそうにからから笑う。女に殴られたのが嬉しいように。

老婆　　　もっと殴れ。もっと殴れ。その教養のあるお顔がとてもイヤなんだ。悪態もついてみなさい、このアマ。いつまで「こうでした、そうでした」と言うつもりなんだい。

持ち上げられた老婆はずっとくすくす笑う。
女、老婆を投げつけた後、いきなりだらっと肩を落とす。
気勢をそがれて声が小さくなる。

女　　　私、やめてって言ったでしょう。
　　　　もう崖っぷちだからって。

　　　　女、絶望的に頭を抱える。
　　　　老婆、くすくす笑う。得意になって床に寝て暴れる。

老婆　　くくく、見たいと言ったのよ。くくく。ヘウォンが、海を。
　　　　絶壁が遮って海が見えなかったんだ。私は見せたかったのよ。

　　　　女、悲鳴を上げる。

老婆　　海を。真っ黒な海を。
　　　　あの小さな子が、もっと近くから海を見たくって、ばたばたするじゃない。で、よく見せようと。くくく、しっかり見せようと。
　　　　線から這い出て行っても知らんぷりしたんだ。どうする？
　　　　深い闇のようなあんたの股座に、頭をプウッと突っ込むみたいに。
　　　　海の中にさっと。
　　　　あんたのお腹の中に戻ったのよ。心配しない

で。又出てくるから。

女、髪の毛を掻き毟る。
女の凄絶(せいぜつ)な泣き声の間に老婆の声が染み込む。

老婆　　くくく。思い出すわね。あんたの顔。ソフト
　　　　クリームを手にして立っていたあんたの顔。
　　　　甘いソフトクリームがあんたの手に溶け落ち
　　　　てたわ。
　　　　ねばねばしてたあんたの顔。
　　　　イチゴ味だったのかしら。チョコ味だったの
　　　　かしら。二つが混ざったのかしら。くくく。
　　　　あんたのせいよ。ソフトクリームを買った
　　　　ら、ひゅうと、一気に走ってこなきゃ。だら
　　　　だら溶け落ちるまで立ち止っちゃって。
　　　　ヘウォンが落ちる様子をぼーっとして、ただ
　　　　ただ見てたのね。
　　　　血まみれになったあの小さなお顔、網で釣り
　　　　上げたでしょう。
　　　　ぶくぶくしてたわね、海鼠(なまこ)みたいに。

女、床に倒れて泣く。
老婆、鼻歌をしながら女の周りに丸を描く。

老婆　　　ここから出ちゃいけないわよ。分かってるよね？

　　　女、泣き続ける。

老婆　　　憶えてる？お前はね、子供の頃、毎日この中に閉じ込められていたのよ。お前を線で完全に囲んでたの。その中だけがお前の世界だったわよ。

　　　女、顔をあげる。
　　　本当に線の外に出て行くのを恐れているかのように、身をすくめて老婆を見つめる。

老婆　　　よしよし、いい子だね。その中でおとなしくしているのよ。私がご飯を作ってあげたり、オムツを替えてあげたりするからね。
　　　外の世界は鋭いトゲでいっぱいだからね。お前を傷つけようするものばかりだわ。外に出るとやがて不幸がお前を蝕むからね。（首を振る）考えるだけでぞっとする。まさにドブそのものだわ、そうなのよ。
　　　この中だけで遊んでね。私の子、いい子。

私はお茶に行って来るからね。今日は集まり
があるのよ。分かった？遅くなるからね。

女、線の中で赤ちゃんみたいに這い回る。老婆が電話など
あれこれの物を投げ入れてあげる。
女、投げられてきた物をあちこち齧ったり舐めたりする。

老婆　　よしよし、私の子。明日はガラガラを買って
　　　　くるからね。楽しい音がするのよ。ガラガ
　　　　ラ、狂ったように。面白そうでしょう？

女、喃語(なんご)を言っているように口をもぐもぐする。

老婆　　なぁに？お母さんが大好きって？ありがと
　　　　う、お母さんもお前が大好きよ。明日はピク
　　　　ニックしようか。ピクニックに行って海も見
　　　　たりソフトクリームも食べたりしようね。

老婆、線の中に入って女をあやしたり宥(なだ)め賺(すか)
したりする。
女、老婆の胸に抱かれてだらっとなる。
老婆、子守唄を歌う。

老婆　　眠れよい子よ　庭や牧場に　鳥も羊も　みんな

眠れば……

老婆の子守唄が段々小さくなっていくのに連れて舞台も次第に暗転。
舞台、再び明るくなるとカルグクスを作っている女、そして女を見つめている老婆と子供。
穏やかな照明。

老婆　　ズッキーニは半月切りにするのよ。噛み応えがないといけないわ。出汁にはファンテの頭を忘れないでね。それが味の決め手なんだから。

女　　　入れました。

女、作り上げたカルグクスを老婆と子供の前に持ってくる。
老婆、ロッキングチェアからゆらゆらと降りてくる。カルグクスを一口食べる。

老婆　　そう、この味だわ。麺のゆで加減も丁度いいね。あなたのカルグクスは昔から逸品だったもの。

女は黙々とカルグクスを口に入れていて、老婆は何故かニ

コニコしながらカルグクスを食べる。

| 子供 | ママ、ピクニック行くと言ったじゃない。いつ行くの?海見せてくれると言ってたじゃない。 |

子供　　ママ、ピクニック行くと言ったじゃない。いつ
　　　　行くの?海見せてくれると言ってたじゃない。

女　　　うん、明日行こう。

子供　　ばあちゃん、どうしたの?

女　　　何が?

子供　　ちょっと変。

女　　　ちょっとね、物忘れが多くなっただけ。カルグクス食べよう。辛い?

子供、うなずく。
女、麺を水に一回洗ってから子供の口に入れてあげる。

子供　　(麺を口の中で噛みながら)昨日はね、私が折り紙を頼んだの、はさみをばあちゃんにあげたらね、でね、いきなりね、はさみで私の指を切ろうとしてた。面倒くさいって。もうばあちゃんと遊ばない。

女　　　もうすぐ治るわよ。

子供　　いつ?

女　　　明日、ばあちゃんと一緒に病院に行って、そ

の後海に行こうね。

子供　　　本当？わー嬉しい。

女　　　　(独り言) 全部治るから。

子供　　　昔みたいに戻ってくるの？

女　　　　(一言一言きちんと喋る) そうよ。又昔みたいに。
　　　　　戻ってくるのよ。

子供　　　うん。一晩寝たら海に行くんだね。

女　　　　そう。約束よ。

子供　　　うん、約束。

　　　　　子供、小指を出す。
　　　　　女、子供の小指に自分の小指を絡ませる。そして親指でハ
　　　　　ンコまで押してあげる。
　　　　　子供、晴々しく笑う。

幕。

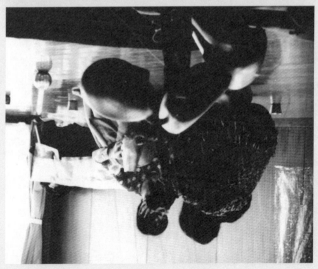

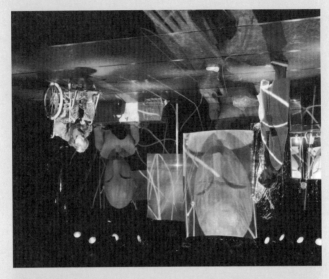

2012ペ ジ 7 日韓 飯田美娟門沄護作